TEA AT THE PALACE: A COOKBOOK

英国王室のティーパーティー

12の宮殿と王室シェフの50のレシピ

Carolyn Robb
キャロライン・ロブ［著］
Yuko Uehara
上原ゆうこ［訳］

原書房

英国王室のティーパーティー

12の宮殿と王室シェフの50のレシピ

＊――称号などは本書執筆当時のものです。

キャロリン・ロブ
オックスフォードシャーにて、2021年

マンディーへ、美しいケーキを作ること食べることが
あなたほど好きな人はいないから。

はじめに

❖王室シェフとして過ごした13年の間、私は英国の最高に素晴らしいいくつかの王宮や城を「職場」と呼ぶという、たいへんな特権を与えられた。これほど立派なところで信じられないほど素敵な人たちのために料理をするのは、ほんとうに刺激的だった。王族の住まいはそれぞれ異なる特徴、伝統、雰囲気を持っており、そうしたものは、それがどこにあるか、そして多くの場合何百年もさかのぼることのできるそれぞれの歴史によって決まる。このレシピ集は、12の素晴らしい場所ひとつひとつの、そこだけが持つ特別なところを世に知らせる特別なレシピを集めたものである。

❖ウィンザー城の壮大さは、ロイヤル・パヴィリオンの奇抜さ、ハイグローヴの静けさ、メイ城の素朴なスコットランド的魅力、キュー宮殿のドールハウスのような完璧さと、驚くほどの対照をなしている。ブレナム宮殿の壮麗さとバッキンガム宮殿の威厳は、サンドリンガムのカントリーハウスの魅力とはまったく違うものだ。ヘンリー8世が愛したハンプトン・コート、ヴィクトリア女王が引きこもった静かなスコットランド高地のバルモラル城、そして中世ウェールズの堂々たる水辺の要塞カーナーヴォン城、いずれも過ぎ去った時代を思い起こさせる語るべき物語を持っている。ケンジントン宮殿の章は、ちょっと変わったものでいっぱいだ。グロスター公爵夫妻、ウェールズ公夫妻、ウィリアム王子、ヘンリー王子のために料理をしていたこの頃、私はケンジントン宮殿を我が家と呼ぶというたいへんな幸運に恵まれた。

❖本書では、あらゆるスタイルのアフタヌーンティーを紹介する。上品なものも素朴なものも、夏向きのものも温まるものも、甘くないものもチョコレートたっぷりのものも、奇抜なものも花のようなものも、そして豪華としかいいようのないものもある。ヘンリー・ジェイムズが述べているように、「午後のお茶という名で知られている儀式の時間ほど楽しいものは、人生においてあまり見当たらない」(『ある婦人の肖像』、行方昭夫訳、岩波書店)のである。

楽しいクッキングを！

Carolyn Robb

Buckingham Palace
バッキンガム宮殿

夏のガーデンパーティー

❖ロンドンには王宮が11あるが、なんといってもいちばんよく知られているのが、ロンドンにおける女王の公式の住まいであるバッキンガム宮殿だ。毎年、何十万人もの観光客がこの宮殿に押し寄せ、ちらりとでも女王の姿が見えないかと、有名な黒と金の柵の隙間からのぞき込む。王族の結婚式やジュビリー［即位50周年などの記念祭］、あるいは女王陛下の誕生日を祝って毎年行われるトゥルーピング・ザ・カラー（軍旗分列行進）のパレードなど、国の公式行事のときに人々が集まる場所でもある。このようなときはいつも、宮殿の正面にある有名なバルコニーに王室の面々が立ち、お祝いに来た大勢の人に挨拶する。1945年5月8日にはバッキンガム宮殿に大群衆が押し寄せてヨーロッパにおける戦勝を祝い、この日、王室は8回という前例のない回数、バルコニーに登場した。

❖この宮殿の厳重に守られている秘密が、建物の裏手にある17ヘクタールという途方もない広さの一般人立ち入り禁止の庭である。柵の外からは、この美しく広大な緑の空間が存在することさえまったく分からない。毎年、春と夏に女王主催のガーデンパーティーが3回開かれるのがここ、ロンドンの中心にあるこの見事に隠されたオアシスである。パーティーのたびになんと8000人もの客が出席する。これ以上愛国的な行事に参加することなど考えられない。ガーデンパーティーにはあらゆる英国的なものが取り入れられていて、クリーム・スコーン、巨大なジャグに入ったピムス［炭酸飲料などで割って飲むリキュール］、エドワード・エルガー作曲の「希望と栄光の国」を演奏するブラスバンド、シルクハットに燕尾服姿の小粋な紳士たち、そうしたものがみな、この厳かな風景の欠くことのできない要素になっている。

❖この章では、こうした素晴らしいガーデンパーティーで女王陛下の客に供される代表的なもののレシピを紹介する。シンプルで、季節のものを使い、カラフルで、どこまでも英国的だ。どれも間違いなく王室の認可を得られるだろう。

宮内長官から著者個人に宛てた、ガーデンパーティーへの招待状

タンジェリンとパッションフルーツのメルティング・モーメント

「メルティング・モーメント」(14ページに写真)と王室の縁は深い。私はこれを王室の洗礼式のお茶会のために作ったし、私が出席した宮殿での例年のガーデンパーティーで何度も目にした。このバターたっぷりの口の中でとろけるビスケットには、伝統的にバニラ風味のフィリングが使われる。しかし、すりおろしたばかりのタンジェリンのゼスト[香りづけに用いる柑橘類の外皮]をたっぷりと、ほどよい酸味のある生のパッションフルーツをいくらか加えることで、いっそうおいしくなる。袋から絞り出す必要があるからといって作るのをやめないで。生地を手で丸め、手のひらで押さえて平らにし、フォークの歯を押しつけて仕上げても、同じくらいうまくできるから。

ビスケットの材料

- バター 255g(室温に戻す)
- 粉糖 80g
- ピュア・バニラエキス 小さじ1/2
- タンジェリン 2個
- 薄力粉 250g
- カスタードパウダー 80g(次ページにシェフの一口メモ)

バタークリームの材料

- バター 80g(室温に戻す)
- ふるった粉糖 160g
- ピュア・バニラエキス 小さじ1/2
- パッションフルーツの果汁 大さじ2(パッションフルーツ大1個の果肉を裏ごししたもの)

- 仕上げにふる粉糖

[サンドイッチ・ビスケット20個分]

❖ビスケットを焼くため、オーブンを180℃に予熱する。天板2枚にクッキングシートかシリコンマットを敷く。

❖大きなボウルにバターと砂糖を入れ、ハンドミキサーを使って、ふんわりしたクリーム状になるまで中速でかき混ぜる。バニラエキスを加えて、なじむまでかき混ぜる。直接このボウルへタンジェリン2個のゼストを細かくすりおろしたのち、薄力粉とカスタードパウダーを合わせてふるい入れる。木べらで混ぜて、絞り出せるやわらかさのなめらかな生地にする。

❖12ミリの星口金をつけた絞り出し袋に生地を入れる。用意した天板の上に、約2.5センチの間隔をあけて、反時計回りに隙間なく円を描くように動かしながら直径約4センチのバラの花のような形に絞り出し、全部で40個ビスケットを作る。

❖うっすら焼き色がつくまで10〜12分焼く。天板ごとワイヤーラック[ケーキクーラー、ケーキラックとも呼ばれる足つきの網]の上であら熱を取ったのち、ビスケットをラックへ移して完全に冷ます。

❖ビスケットを焼いている間にバタークリームを作る。ボウルにバターを入れ、ハンドミキサーを使って、白っぽくなめらかになるまで高速で約1分かき混ぜる。粉糖、バニラ、パッションフルーツの果汁を加えて、ふんわり軽いクリーム状になるまで数分かき混ぜる。

❖6ミリの丸口金をつけた絞り出し袋にバタークリームを入れる。ビスケットの半数を、裏側を上にして作業台に置く。裏返したビスケットの上にそれぞれバタークリームをたっぷり絞り出す。残りのビスケットを1個ずつ裏側を下にしてバタークリームの上にのせ、そっと押さえて落ち着かせる。

❖上に軽く粉糖をふる。このサンドイッチ・ビスケットは、密閉容器に入れて室温で最長5日間保存できる。

シェフの一口メモ

ビスケットとバタークリームの両方の風味をいろいろ変えることができる。私が気に入っている組み合わせは、チョコレートとミント、チョコレートとオレンジ、チョコレートとバニラ、チョコレートとラズベリーなどだ。タンジェリンゼストに代えて無糖のココアパウダー大さじ2杯、パッションフルーツの果汁に代えてそれぞれ数滴のペパーミント、オレンジ、ピュア・バニラ、ラズベリーのエキスを使って作る。ペパーミント、オレンジ、ラズベリー風味のバタークリームにするときは、適当な天然食品着色料で薄く色をつける。生のパッションフルーツが見つからないときは、市販のパッションフルーツのジュースを使うが、糖分を加えていない100パーセント果汁であることをラベルで確認すること。カスタードパウダーは食材の専門店かオンラインでさがす（英国のブランドでは「Bird's カスタードパウダー」がもっとも人気がある）。購入できない場合は、同量のコーンスターチで代用する。

ラズベリーとクロテッドクリームをのせた小さなスコーン

紅茶がスコーン、クロテッドクリーム、ジャムとセットで出されるアフタヌーンティーをクリーム・ティーというが、通の間では、クリームとジャムのどちらを上にするか、長年にわたって論争が続いている。クリーム・ティーが生まれたイングランド西部地方のデヴォンとコーンウォールは隣接する州だが、伝統的にデヴォンのクリーム・ティーはスコーンにクリームを塗ってその上にジャムをのせるのに対し、コーンウォールではジャムが先でクリームがあとなので、この議論の結論はいつまでたっても出そうにない。ここで紹介する一口サイズのスコーン(15ページに写真)は、とくに子どもたちに、いつも人気がある。ラズベリージャムとラズベリーの代わりにイチゴジャムとイチゴを使ってもよい。

スコーンの材料

- 薄力粉 450g
- ベーキングパウダー 小さじ4
- 微細粒のグラニュー糖 50g
- 塩 少々
- バター 100g(室温に戻し、サイコロ状に切る)
- 放し飼い卵 2個
- 牛乳 約180ml

仕上げ用

- ラズベリージャム
- クロテッドクリーム 200ml(次ページにシェフの一口メモ)
- 仕上げにふる粉糖
- ラズベリー
- 新鮮なミント ごく小さなもの数本(好みで)

［ミニ・スコーン36個分］

❖オーブンを220℃に予熱する。大きな天板にクッキングシートかシリコンマットを敷く。

❖薄力粉、ベーキングパウダー、砂糖、塩を合わせて大きなボウルにふるい入れる。上にバターをばらまき、指先でバターを粉にすり込んで、細かなパン粉のようになったらすぐにやめる。

❖大容量の計量カップに卵を割り入れ、牛乳を加えて合計300mlにする。フォークで混ぜ合わせる。粉類の真ん中にくぼみを作り、そこに卵液の大部分を入れる(全部は必要ないかもしれないので少し残しておく)。刃の丸いテーブルナイフを使って混ぜ合わせ、必要なら卵液を加えながら、べとべとくっつくのでも乾いてぼろぼろ砕けるのでもないような、まとまった生地にする。混ぜすぎないこと。

❖軽く粉をふった作業台の上に生地を出し、素早く作業して、生地にひび割れがあればごく軽くこねてなくす。生地を軽くたたいて広げ、2センチの厚さにする。4センチの丸い抜き型で、できるだけたくさん抜くが、きれいに切れるように、抜く前に毎回、抜き型に粉をつける。抜いたものを、用意した天板に約2.5センチの間隔をあけて並べる。切れ端を集めて押し固め、軽くたたいて広げ、さらに円形に抜いて天板に並べる。

❖よく膨らんで焼き色がつくまで8〜10分焼く。スコーンをワイヤーラックへ移して冷ます。

❖テーブルに出す前に、スコーンを水平方向に半分に割り、それぞれにラズベリージャム、そしてクロテッドクリームをひとかたまりのせる。ごく軽く粉糖をふり、小鉢に入れたラズベリーを添える。好みでミントを飾る。

シェフの一口メモ

イングランド西部地方では、クロテッドクリームは伝統的に、低温殺菌していない牛乳を表面に厚いクリームの層ができるまで加熱し、冷めてからそれをすくい取る方法で作られている。この地域でも輸出用のものは低温殺菌した牛乳から作られ、専門店やオンラインで購入できる。

旗で飾ったイチゴのケーキ

オーソドックスなヴィクトリア・サンドイッチ・ケーキは、どのガーデンパーティーのアフタヌーンティーでもテーブルの中央に置かれる重要な存在だ。これほど王にふさわしいケーキはない！　アフタヌーンティーが習慣化し始めたヴィクトリア女王の素晴らしい63年の治世に、女王のために作られたのが始まりである。エリザベス2世の69年の治世に世界が大きく変化したにもかかわらず、アフタヌーンティーの習慣がいっそう広まったのは、驚くべきことである。ヴィクトリア女王が食べたのは、ラズベリージャムをはさんで上にグラニュー糖を少しかけたケーキだった。ここで紹介するケーキには、イチゴジャム、ホイップクリーム、生のイチゴをはさみ、上にさらにイチゴ、そしてみずみずしいバラの花びらを何枚かのせ、お祝いの小さなユニオンジャックの旗飾りをつけた。すでに在位期間が英国史上もっとも長い君主であり、2022年にはプラチナ・ジュビリー（なんと在位70年！）を祝う女王エリザベス2世にふさわしいケーキだ。

ケーキの材料

- 無塩バター 225g（室温に戻す）＋型に塗る分
- 微細粒のグラニュー糖 225g
- ピュア・バニラエキス 小さじ1
- 放し飼い卵 4個
- 薄力粉 225g
- ベーキングパウダー 大さじ1
- 熱湯 大さじ1

フィリングの材料

- イチゴジャム 110g
- ヘビークリーム［脂肪分36％以上のクリーム］180ml（ホイップする）
- イチゴ 大12個（ヘタを取ってスライスする）

❖オーブンを180℃に予熱する。20センチの丸いケーキ型2個の側面にバターを塗り、底にクッキングシートを敷く。

❖大きなボウルにバターと砂糖を入れ、ハンドミキサーを使って、白っぽいクリーム状になるまで中速でかき混ぜる。バニラ、それから卵を1個ずつ加え、加えるたびによく混ぜる。分離するようなら、少量の薄力粉を加える。（残りの）薄力粉とベーキングパウダーを合わせてふるい入れ、大きなスプーンかゴムべらで注意しながら混ぜ、粉が全部むらなくなじんだらすぐにやめる。最後に熱湯を入れて混ぜる。

❖用意した2個のケーキ型に、生地を2等分して入れる。パレットナイフを使って生地の表面をならし、オーブンから出したときにスポンジの上が平らになるように真ん中を少しくぼませる。

デコレーション用

- イチゴ 中12個
- 新鮮なバラの花びら ひとつかみ
- 仕上げにふる粉糖
- 長さ約30センチの小さな旗飾り、紅白の紙ストロー2本、細い木串2本

[8〜10人分]

❖表面に焼き色がついて触ると弾力があり、中心に竹串を刺して抜いたときに何もついてこなくなるまで、20〜25分焼く。型ごとワイヤーラックの上で10分冷ましたのち、ラックの上へひっくり返して型をはずし、スポンジの上下を戻して完全に冷ます。

❖ケーキを組み立ててデコレーションをする前に、置いたときに安定するように、必要ならスポンジの上の部分を切って整える。1枚を上下逆さにして盛り皿に置く。上にイチゴジャムをのせ、少しずつ端まで塗り広げる。その上にクリームをのせ、やはり少しずつ端まで塗り広げて、最後にイチゴのスライスを並べて均一にクリームをおおう。その上にもう1枚のスポンジを(逆さにせずに)重ねる。ケーキの上にふちにそってぐるりとイチゴを並べ、その内側にバラの花びらを詰めたのち、軽く粉糖をふる。串をストローに挿し込んで上部に旗飾りの端をしっかり固定し、ケーキ下部の両側に刺す。

ネクタリンとアカスグリのメレンゲ・クラウン

シンプルでサクサクしたこのメレンゲ菓子（14ページに写真下）は、どんなアフタヌーンティーのテーブルにも美しい色彩を添える。メレンゲの甘さの中、クレーム・フレーシュ［乳酸発酵させた生クリームで、マイルドな酸味がある］の酸味が際立ち、ネクタリンとアカスグリがイングランドの夏の香りであふれんばかりだ。

メレンゲの材料

- 放し飼い卵の卵白 3個分（室温に戻す）
- 塩 少々
- 微細粒のグラニュー糖 150g

トッピング用

- クレーム・フレーシュ 280g
- ネクタリン 2個（種を取り、小さな薄切りにする）
- 新鮮なアカスグリ 2枝
- 新鮮なミント ごく小さなもの20本（好みで）
- 仕上げにふる粉糖

［クラウン20個分］

シェフの一口メモ

クラウンにトッピングをのせるとすぐにメレンゲがやわらかくなるので、完成したら2時間以内にテーブルに出すこと。何ものせていないクラウンは、密閉容器に入れて室温で最長10日間保存できる。

❖メレンゲを焼くため、オーブンを90℃に予熱する。天板2枚にクッキングシートかシリコンマットを敷く。

❖大きなボウルに卵白を入れ、ハンドミキサーを使って、体積が2倍になり、ミキサーの羽根を持ち上げたときにやわらかな角ができるようになるまで、中速で泡立てる。中速でかき混ぜながら、塩少々、それからグラニュー糖を大さじ1杯ずつ加えていくが、完全になじんでから次の1杯を加えること。グラニュー糖を全部加えたら、高速にして、ふんわりとした光沢のあるメレンゲになるまでかき混ぜる。

❖6ミリの丸口金をつけた絞り出し袋にメレンゲを入れる。用意した天板の隅に5センチの丸い抜き型を置く。抜き型を型枠として使い、中心から始めて抜き型の内側に台部分を絞り出し、注意して抜き型を持ち上げる。これを繰り返して、台を全部で20枚作る。次に、台のへりにそって点々と1周絞り出してクラウン（王冠のような形）を作る。

❖メレンゲがサクサクになってシートまたはマットから簡単にはずれるようになるまで、約2時間焼く。天板ごとワイヤーラックの上で完全に冷ます。クラウンを大きなトレーに移す。クラウンの中央にクレーム・フレーシュを大さじ約1杯ずつのせる。その上に小さく切ったネクタリンとアカスグリを少しずつのせ、好みでミントをのせる。テーブルに出す直前に粉糖をふる。

サンドリンガム・ハウス

Sandringham House

秋の狩猟の会

❖イングランド南東部のノーフォーク州にあるサンドリンガム・ハウスは、女王からたいへん愛されている田舎の隠れ家であり、4代にわたって英国君主の私的な住まいとなってきた。ヴィクトリア女王の夫であるアルバート公は、長男のエドワードのためにカントリーハウス［貴族や大地主の田舎の邸宅］をさがしていたが、1861年に亡くなる直前、望みのものを見つけた。亡くなる前に購入することはできなかったが、翌年、エドワードが購入を決めた。1870年、エドワードはこの家を取り壊して、素晴らしい切妻と小塔が特徴の、ジャコビアン様式の邸宅を建てた。以来、長年にわたって増築が繰り返され、とくに注目に値するのが舞踏室である。

❖ジョージ5世がクリスマスをサンドリンガム・ハウスで過ごす習慣を根付かせ、王室はこれを今日でも続けている。1932年12月25日、ジョージ5世がサンドリンガム・ハウスの「ビジネス・ルーム」から初のクリスマス放送をラジオの生放送で行い、25年後にエリザベス女王が図書室から初めてテレビの生放送でクリスマスのメッセージを伝えた。女王のクリスマスのスピーチはいつもクリスマスの日の午後3時に放送され、毎年大勢の人が見る。自分たちのお祝いの行事を何分か中断して、女王の賢明な言葉を聞くのである。

❖私はチャールズ皇太子に同行して年に2回、春と秋に1回ずつ、サンドリンガム・ハウスへ行った。秋に訪れるときは狩猟シーズンで、客たちは野外に出て長い一日を楽しんだ。11月のノーフォークは世界一といってもいいくらい寒くどんより曇ってじめじめした場所なので、客たちは体力を維持するために上品な伝統的アフタヌーンティーの食事をよりたくさん食べる必要があった。このため私はいつも、野の花の蜂蜜、サンドリンガム・ハウスの果樹園で採れたリンゴ、地所の生垣で摘んだブラックベリーのような素晴らしい地元の食材で作った、秋らしいティータイムのごちそうをたっぷり並べた。そして、どのレシピにも共通して体の温まるスパイスを使った。

グレーズをかけたリンゴとピーカンナッツのケーキ

秋の香りであふれんばかりのこのケーキは、伝統的なフルーツ・ケーキの代わりになる素敵なケーキで、新鮮なリンゴの角切りが入っているのでしっとりしておいしい。上にはきらきら輝くアンズのグレーズがかかっており、見るからにお祝いにふさわしい。サンドリンガムの果樹園では最高に美しいリンゴが採れる。私が気に入っていたのは、ハウゲート・ワンダーという、豪華でとても大きくて甘い、果汁たっぷりの調理用リンゴだ。

- バター 170g(溶かしてから冷ます)＋型に塗る分
- 薄力粉 340g＋型にふる分
- 放し飼い卵 3個
- マスコバドシュガー[サトウキビから作られた未精製の砂糖で、ダークとライトがある](ライト) 150g
- ベーキングパウダー 小さじ4
- シナモンパウダー 小さじ2
- リンゴ 中3個(ハウゲート・ワンダー、コックス・オレンジ・ピピン、ハニークリスプ、ブレイバーンなどの品種)
- やわらかい種抜きデーツ 100g(粗く刻む)
- ピーカンナッツ 50g(粗く刻む)
- アンズジャム 110g

[12人分]

❖オーブンを180℃に予熱する。20センチの丸いスプリングフォーム[ばね式の金具で側面部分をはずせる]のケーキ型の底と側面にバターを塗り、側面に薄力粉をふって軽くたたいて余分な粉を落とし、底にクッキングシートを敷く。

❖中ぐらいのボウルに卵を入れて泡立て器で軽く泡立てたのち、溶かしバターを入れてよく混ぜる。大きなボウルに薄力粉、砂糖、ベーキングパウダー、シナモンパウダーを入れ、すべての材料が一様に散らばるまでかき混ぜる。

❖リンゴ2個の芯を取り、皮をつけたまま12ミリの角切りにする。角切りにしたリンゴ、デーツ、ピーカンナッツの半分を粉類の中へ入れてかき混ぜ、むらなく粉をまぶす。これに先ほど混ぜた卵とバターを注ぎ入れ、ダマが残らないように静かに混ぜ合わせる。

❖用意した型に生地を入れ、パレットナイフで表面を平らにする。残りのリンゴを皮つきのまま紙のように薄い輪切りにし、種を取り除く。ケーキの上にリンゴの薄切りを並べ、残りのピーカンナッツを散らす。

❖中心に竹串を刺して抜いたときに何もついてこなくなるまで、50〜60分焼く。ケーキが焼けるにつれ、リンゴの薄切りの端がカールしてくる。40分たった頃、リンゴの薄切りが焦げないように、ケーキの上にアルミホイルをふんわりかぶせる。

❖型ごとワイヤーラックの上で10分冷ましたのち、金具をゆるめて型の側面部分を取りはずす。別のワイヤーラックの上へケーキをひっくり返して、型の底部分とクッキングシートをはずす。ケーキの上下を戻す。ケーキがまだ温かいうちに、小さなソースパンにジャムを入れて弱火で温める。刷毛でケーキの上面と側面に温かいアンズジャムを塗り、ケーキを完全に冷ましてからテーブルに出す。

ジンジャーブレッドのベイクウェル・タルトレット

ベイクウェル・タルトレットは、美しいダービーシャー・デールズ地区にあるベイクウェルという市(いち)の立つ町で生まれた。昔ながらのレシピに私なりに手を加えて、温まるのがはっきり感じられるものにしたので、陰気な秋の午後を活気づけるのにもってこいだ。軽くスパイスをきかせた生地で作った器にかたまりのあるアンズジャムを詰め、その上に風味豊かなジンジャーブレッド・フランジパーヌをのせてある[フランジパーヌはアーモンド入りクリーム。この場合はジンジャーブレッドの材料も入っている]。とくに戸外で長く寒い一日を過ごしたあと、焼きたてのまだ温かいうちに、ことによるとホイップクリームをひとかたまり添えてこのタルトが出されたら、それは元気が出る究極のアフタヌーンティーの食べ物だ。

スパイスをきかせた生地の材料

- 冷やしたバター 140g(サイコロ状に切る)
- 微細粒のグラニュー糖 70g
- 放し飼い卵の卵黄 1個分
- ピュア・バニラエキス 小さじ1/2
- 薄力粉 225g
- ジンジャーパウダー 小さじ1/2
- ミクストスパイス 小さじ1/2(38ページにシェフの一口メモ)

フィリングの材料

- バター 50g(室温に戻す)
- 微細粒のグラニュー糖 50g
- 放し飼い卵 1個
- アーモンドパウダー 50g
- 薄力粉 大さじ2
- ジンジャーパウダー 小さじ1
- ミクストスパイス 小さじ1
- 糖蜜または蜂蜜 大さじ2
- かたまりのあるアンズジャム 200g
- ジンジャーシロップ 大さじ3(ステムジンジャー[87ページ]の瓶から取る)

[タルトレット12個分]

❖オーブンを220℃に予熱する。クッキングシートを幅2.5センチ、長さ15センチの細長い形に12枚切る。それを標準的なマフィン型の12個のカップに1枚ずつ敷き込み、端をカップのふちから出しておく。このクッキングシートがあると、焼き上がったときにタルトレットを型から出しやすくなる。

❖生地を作るため、フードプロセッサーにバターと砂糖を入れて攪拌し、混ざったら止める。卵黄とバニラを加え、続いて小麦粉、ジンジャーパウダー、ミクストスパイスを加える。生地がまとまり始めるまでパルス運転(断続運転)をし、軽く粉をふった作業台の上に出して手でまとめて仕上げる。少しずつ形を整えて、なめらかな円盤状にする。

❖めん棒で生地をのばして6ミリ以下の厚さにする。10センチの丸い抜き型で12枚抜く。丸く抜いた生地を、用意したマフィン型のカップに1枚ずつ静かに入れてよく押さえ、はみ出した部分は切り取る。切れ端を集めて押し固め、再度めん棒でのばしてから小さな星形の抜き型で12個抜き、クッキングシートを敷いた皿に移す。マフィン型と星を冷蔵庫に入れ、フィリングを作る。

❖フードプロセッサーにバターと砂糖を入れ、クリーム状になるまで攪拌する。卵、アーモンドパウダー、小麦粉、ジンジャーパウダー、ミクストスパイス、糖蜜を加え、なめらかになるまで攪拌する。タルトレットの底に大さじ1杯ずつアンズジャムを入れ、その上にフィリングをたっぷり2杯のせる(ジャムの上にフィリングを絞り出してもよい)。タルトレットの中央に、星形の生地を1個ずつ置く。

❖タルトレットを5分ほど焼いたらオーブンの温度を180℃に下げ、続けて表面に焼き色がつくまで20～25分焼く。型をワイヤーラックへ移し、タルトレットの上に刷毛でジンジャーシロップを少し塗って照りをつける。10分ぐらい冷ましたのち、注意して1個ずつタルトレットを持ち上げて型から出す。温かいうちにテーブルに出す。

蜂蜜とピーカンナッツが入った チョコディップ・アンザック・ビスケット

アンザックは、地球の反対側のティータイムに出される、100年以上前からあるビスケットだ。ニュージーランドのダニーデンで生まれたと考えられており、オーストラリアで第一次世界大戦中に兵士に送るためにボランティアが焼いてビリー缶(野営用調理鍋)に詰めた。伝統的に、オートミール、ゴールデンシロップ[黄金色をした糖蜜]、ココナッツが入っている。そのレシピを私なりに解釈して、ゴールデンシロップの代わりに地元で作られた野の花の蜂蜜、精製糖の代わりにマスコバドシュガーを使う。フラックスシード(アマの種子)とパンプキンシード(カボチャの種子)、ピーカンナッツ(ペカンの実)、オートブラン(オート麦のふすま)を加えることで、軽いザクザクした食感の健康的なビスケットになる。

- オートミール 100g
- 薄力粉 80g
- マスコバドシュガー(ライト) 60g
- オートブラン 30g
- 無糖の細切りドライココナッツ 30g
- ピーカンナッツ 50g(粗く刻む)
- フラックスシード 大さじ1
- パンプキンシード 大さじ2
- バター 125g
- 野の花の蜂蜜 大さじ3
- ピュア・バニラエキス 小さじ1
- 重曹 小さじ1/2
- 熱湯 大さじ1
- ダークチョコレートまたはミルクチョコレート 115g(溶かして、ぬるくなるまで冷ます)

[ビスケット約30個分]

❖天板2枚にクッキングシートかシリコンマットを敷く。

❖大きなボウルにオートミール、薄力粉、砂糖、オートブラン、ドライココナッツ、ピーカンナッツ、フラックスシード、パンプキンシードを入れて混ぜ合わせる。小さなソースパンにバター、蜂蜜、バニラを入れ、弱火にかけて混ぜ、バターが溶けたら火からおろす。小さなボウルに重曹を入れて熱湯で溶かし、先ほど溶かしたバターに混ぜ入れる。それをオートミールと粉類の入ったボウルに注ぎ入れて、一様に湿るまでかき混ぜる。

❖ティースプーンで生地を手に取り、やや平らにのばしながら、天板の上に約2.5センチの間隔をあけて置く。冷蔵庫で20分冷やす。生地を冷やしている間に、オーブンを180℃に予熱する。

❖焼き色がつくまで12〜15分焼く。天板ごとワイヤーラックの上で5分ほど冷ましたのち、ビスケットをラックへ移して完全に冷ます。

❖冷めたビスケットをそれぞれ半分だけチョコレートに浸して、ラックに戻す。そのまま固まるまで待ってテーブルに出す。ビスケットは密閉容器に入れて室温で最長4日間保存できる。

シナモン風味のキイチゴとリンゴのジャム

秋は、とくにナナカマド、ニワトコ、ハックルベリー、クラブアップル、そしてもちろんブラックベリー(つまりキイチゴ)などさまざまな野生の木の実がなる生垣で食材をさがすのにとてもよい季節だ。寒いじめじめした道を歩き、よく太ってつややかに光るブラックベリーの入ったかごをさげて家に戻れば、じつに満ち足りた気持ちになる。このシンプルな伝統のジャムを作るのは簡単で、作っているうちに台所がえもいわれぬ香りでいっぱいになる。狩猟の会のお茶に欠かせない、バターを塗った熱いクランペット[もっちりとした食感のパン菓子]にのせるとおいしい。

- ブラックベリー 450g
- 調理用リンゴ 450g
- 水 240ml
- グラニュー糖 675g
- レモンの果汁 1/2個分
- シナモンスティック 1本
- バター 小さじ1

[1/2パイント(240ml)瓶約4本分]

❖保存用のガラス瓶を熱い石鹸液で洗ったのち、湯でよくすすぐ。ごく低温(100℃)のオーブンに入れて完全に乾かし、中身の準備ができるまで保温しておく。ジャムができているか確かめるための小皿を2〜3枚用意する。

❖ブラックベリーを選り分けて水洗いし、不完全なものは除く。リンゴは皮をむいて芯を取り、さいの目に切る。大きな厚手のソースパンにブラックベリーとリンゴを入れて水を加え、中火にかけてぐつぐつ煮えだすまで加熱する。頻繁にかき混ぜながら、果実がやわらかくなるまで、約20分とろ火でことこと煮る。

❖砂糖、レモン果汁、シナモンスティックを加えて中火強にし、かき混ぜて砂糖を溶かしながら沸騰させる。頻繁にかき混ぜながら20分沸騰させたのち、火からおろしてジャムができているか確認する。ジャムをスプーン1杯ほど小皿に落とし、冷凍室に5分入れる。冷凍室から出して、ジャムを指でそっとなでてみる。しわが寄ったらジャムはできている。そうでないときは、もう5〜8分沸騰させてから再度調べる。

❖シナモンスティックを取り出し、表面に白いアクが浮いていればすくい取る。バターを加えてよくかき混ぜる(こうすると、残ったアクを消すことができる)。注意しながらジャムをすくって温めたガラス瓶に入れる。完全に冷ましてから、蓋をして保存する。

Kensington Palace
ケンジントン宮殿

子どもたちのアフタヌーンティー

❖ケンジントン宮殿の正面(ファサード)は世界中によく知られている。1997年8月、パリで起こった自動車事故で悲劇的な死を遂げたプリンセス・オブ・ウェールズ、ダイアナをしのんで花を捧げようとケンジントンに大勢の人が押し寄せ、この宮殿とそれを取り巻く庭園に向かって哀悼の意を表した。それ以前は、17世紀後半からずっと王室のものだったにもかかわらず、ケンジントン宮殿はロンドンにある王宮としてはそれほど有名ではなかった。

❖1689年の夏、ウィリアム3世と女王メアリー2世は、ふたりのロンドンにおける第一の住居であるホワイトホール宮殿を頻繁におおうスモッグから逃れるため、どこか離れたところに住む場所を見つける必要があった。そこでふたりは、ノッティンガム伯から比較的地味なジャコビアン様式の邸宅、ノッティンガム・ハウスを購入した。そして高名な英国の建築家、クリストファー・レンが雇われて増改築の設計をした。彼が改造した多くの場所のひとつが、上に時計のあるアーチをくぐって入る新しい入り口で、それは今日まで残っている。この時計を私がよく知っているのは、ケンジントン宮殿でグロスター公爵夫妻のシェフとして働いた最初の2年間、私の寝室がその真下にあったからだ。その頃、四方に不規則に広がるこの宮殿には、女王の妹であるマーガレット王女、そしてチャールズ皇太子、ダイアナ妃、ウィリアム王子、ヘンリー王子をはじめとして、5家族が住んでいた。

❖「KP」(ケンジントン・パレスのこと、愛情をこめてこう呼ばれる)の台所で過ごした13年間の私の大好きな思い出に、幼いふたりの王子のために料理したときのことがある。アフタヌーンティーはほかのどんな食事よりも、子どもたちのための食欲をそそる創意工夫に富んだごちそうを考え出す機会を与えてくれる。そうしたレシピの中には、女王自身からヒントをもらったものもある。ジャム・ペニーは古くから王室に伝わるもので、子どものお茶会に好んで出される。アイスクリームをアフタヌーンティーに出す伝統はないが、バッキンガム宮殿で毎年開催される女王陛下の大規模なガーデンパーティーでふるまわれ(45ページ)、このちょっと変わった章に入れる理由としてはそれで十分だろう。

ジンジャーブレッドの兵隊と歩哨小屋

これは、伝統的なジンジャーブレッド・ハウスを私なりに解釈したものだ。バッキンガム宮殿についてのA・A・ミルンの詩と歩哨小屋への言及から思いついた。このレシピは作るのにいくらか時間がかかるが、雨の降る午後にするのにちょうどよい作業で、少し手伝ってやれば子どもたちが大いに創造力を発揮して歩哨小屋の組み立てと兵隊のデコレーションをしてくれるだろう。ジンジャーブレッドは気持ちがいいほどサクサクしていてショウガの味がする。パーツが重すぎると歩哨小屋が崩れてしまうので、めん棒で生地をのばすときに厚くしすぎないことが重要だ。

ジンジャーブレッドの材料

- バター 125g（室温に戻す）
- ライトブラウンシュガー 90g
- ゴールデンシロップか濃厚な蜂蜜 200g
- 薄力粉 375g
- 重曹 小さじ1
- ジンジャーパウダー 小さじ2
- ミクストスパイス 小さじ1（次ページにシェフの一口メモ）

アイシングの材料

- ふるった粉糖 210g
- 放し飼い卵の卵白 1個分
- しぼりたてのレモン果汁 小さじ1/2
- 赤、黒、青の天然食品着色料（好みで）

［歩哨小屋3個と兵隊12個分］

- 大きな天板2枚にクッキングシートかシリコンマットを敷く。
- ジンジャーブレッドを作るため、バターとブラウンシュガーをフードプロセッサーに入れ、色の薄いクリーム状になるまで攪拌する。ゴールデンシロップ、薄力粉、重曹、ジンジャーパウダー、ミクストスパイスを加えて、なめらかな生地になるまで攪拌する。
- 軽く粉をふった作業台の上に生地を出し、めん棒でのばして3ミリの厚さにする。次ページにある型紙を使って、歩哨小屋3個分のパーツを切り出す。用意した1枚の天板に注意してパーツをのせる。切れ端を集めて押し固め、再度めん棒でのばして、クッキーの抜き型を使って兵隊を12枚抜き、用意したもう1枚の天板にのせる。2枚の天板を20分ほど冷蔵庫に入れて生地を冷やす。オーブンを165℃に予熱する。
- 焼き色がつくまで8〜10分焼く。小さいパーツの方が大きなものより早く焼け、先にオーブンから出す必要があるので、注意して見ておくこと。天板ごとワイヤーラックの上で5分ほど冷ましたのち、パーツをラックへ移して完全に冷ます。
- ジンジャーブレッドを焼いている間にアイシングを作る。ボウルに粉糖、卵白、レモン果汁を入れ、ハンドミキサーを使って、軽くふわふわになるまで高速で4〜5分かき混ぜる。
- 歩哨小屋用に、アイシングの約3分の1を、3ミリ以下の細い丸口金をつけた絞り出し袋に入れる。

シェフの一口メモ

ミクストスパイスは、英国でよく使われている、温まる甘いスパイスの粉末をブレンドしたものだ。配合はいろいろだが、たいていシナモン、ナツメグ、クローブ、オールスパイス、コリアンダー、ジンジャー、メースが入っている。手に入らなければ、よく似ているパンプキンパイ・スパイスで代用できる。

❖歩哨小屋を組み立てるため、まず小屋の正面パネルの左右のふちにアイシングを筋状に絞り出す。正面パネルの両側に側面パネルをアイシングを使って固定する。背面パネルも同様に、左右のふちにアイシングを筋状に絞り出してから側面パネルの間に持ってきて、アイシングを使って固定する。10〜15分そのままにしてアイシングが固まってから、屋根の下になる短い方のふちにアイシングを筋状に絞り出す。屋根パネルを歩哨小屋の上に取りつけて、30分そのままにして固まるのを待つ。さらにアイシングで好きなように飾って仕上げる。

❖兵隊を異なる色のアイシングで飾りたい場合は、残っているアイシングを使いたい色の数だけ小さなボウルに分ける。各ボウルに、好みの色合いになるだけの量の食品着色料を入れて混ぜる。色ごとに、アイシングを3ミリの丸口金あるいは星口金をつけた絞り出し袋に入れる。代わりに、アイシングをそれぞれ小さなビニール袋に入れて上をひねって閉じ、下の先端を切り取ってもよい。好きなように兵隊と歩哨小屋を飾る。兵隊には目鼻、上着、ズボン、帽子、歩哨小屋には細部の装飾をつけるとよいだろう。

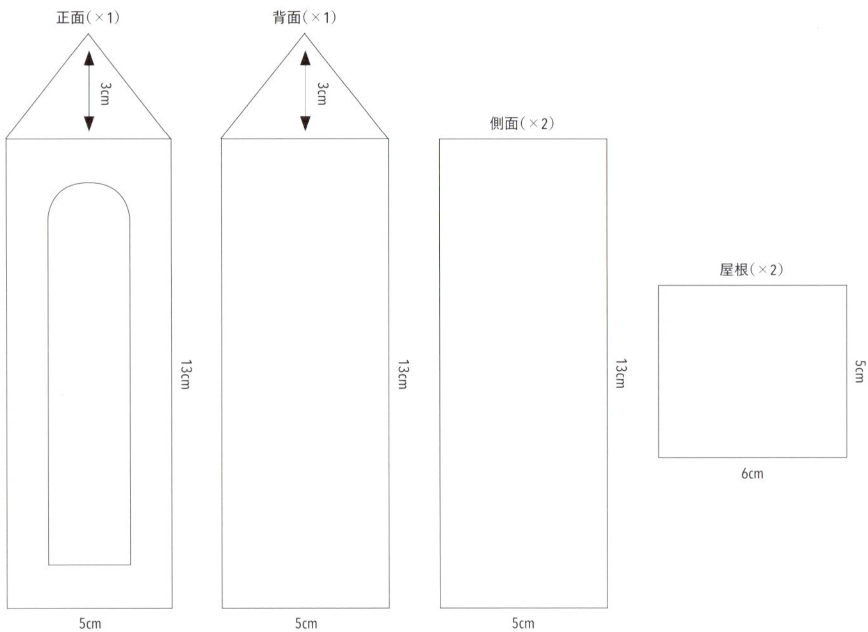

ジャム・ペニー

ジャム・ペニーは、子どものアフタヌーンティーで何世代もの王室の子どもたちに喜ばれてきた。全粒粉のパンや麦芽パン(99ページにシェフの一口メモ)で作ってもよいし、好きなジャムやレモンカードをはさんでもよい。

- 良質の焼きたての白パン 普通サイズのスライス6枚
- ソフトバター
- ラズベリージャム たっぷり小さじ12
- ラズベリー(デコレーション用、好みで)

[ティー・サンドイッチ12個分]

❖作業台の上に白パンのスライスを並べ、ソフトバターを塗る。5センチの丸い抜き型で1枚につき4つずつ抜く。抜いた円形のパン12枚にそれぞれラズベリージャムをたっぷり小さじ1杯のせ、端まで塗り広げる。その上に残りの円形のパンをバターを塗った側を下にしてのせ、軽く押さえて落ち着かせる。

❖サンドイッチを盛り皿に並べ、好みでラズベリーを何個か飾る。すぐにテーブルに出す。

バナナ・サンドイッチ

たっぷりバターを塗った焼きたての白パンの厚切り2枚の間に、シャリシャリしたデメララシュガー[ザラメより小さくグラニュー糖より大きな粒の茶色の砂糖]がかかったバナナのスライスが何切れもはさんであるのを想像してほしい。上品なサンドイッチではない。お腹を空かせた子どもたちのためのボリュームたっぷりのおやつで、いつも切った先から消えていく。

- 熟しているがしっかりしたバナナ 1本
- ソフトバター
- 焼きたての白パン 厚切り2枚
- バナナにふりかけるデメララシュガー

[ティー・サンドイッチ4個分]

❖バナナの皮をむき、約12ミリの厚さで斜めに長く切る。厚切りのパン2枚にソフトバターをたっぷり塗る。切ったバナナを1枚のパンに並べて、白パンを完全におおう。バナナに軽くデメララシュガーをふりかける。その上にもう1枚のパンをバターを塗った側を下にしてのせ、軽く押さえて落ち着かせる。サンドイッチを対角線で4等分し、すぐにテーブルに出す。

巨大なブルボン・ビスケット

風味豊かなザクザクしたチョコレート・フィリングをはさんだ、巨大なドミノにちょっと似たこのチョコサンド・ビスケットは、あらゆる年代の人から愛される英国を代表する菓子である。さまざまな形や大きさのものを作ることができる。ここで紹介するものは、それだけで一食分になるほど大きい。私の母のものだったこのレシピは、80年近く前からあるので、私自身も含め何世代もの子どもたちで試されてきた。市販のブルボン・ビスケットが容易に手に入るが、家で作ったものの方がずっとよいので、頑張ってみる価値がある。手作りのブルボン・ビスケットは、王室の子ども部屋でいつも人気があった。

ビスケットの材料

- ソフトバター 115g
- 薄力粉 170g(ふるう)
- ベーキングパウダー 小さじ1
- 無糖のココアパウダー 大さじ3
- セモリナ粉かポレンタ粉 大さじ3
- 微細粒のグラニュー糖 100g
- 放し飼い卵 1個
- ピュア・バニラエキス 小さじ1

フィリングの材料

- バター 60g
- グラニュー糖 130g
- 無糖のココアパウダー 大さじ2
- ピュア・バニラエキス 小さじ1/2

[サンドイッチ・ビスケット12個分]

❖ビスケットを焼くため、オーブンを200℃に予熱する。天板2枚にクッキングシートかシリコンマットを敷く。

❖フードプロセッサーにソフトバター、薄力粉、ベーキングパウダー、ココアパウダー、セモリナ粉を入れ、細かなパン粉のようになるまで攪拌する。微細粒のグラニュー糖、卵、バニラを加えて攪拌し、なめらかな生地にまとまったらすぐに止める。攪拌しすぎるとビスケットがとても硬くなる。

❖軽く粉をふった作業台の上に生地を出し、めん棒でのばして厚さ約6ミリの大きな長方形にする。定規を使って生地を5×7.5センチの長方形に切り分ける。切れ端があれば取ってわきによけておく。切ってできた長方形の生地にフォークで点を打ち、興味をそそるような模様にする。パレットナイフを使って、用意した天板に注意しながら移し、約2.5センチの間隔をあけて並べる。切れ端を集め、押し固めてからめん棒でのばし、やはり長方形に切り分けて点で飾り、天板に並べる。長方形が24枚できるはずだ。

❖触ると硬く感じられるようになるまで、8〜10分焼く。天板ごとワイヤーラックの上で5分ほど冷ましてから、ビスケットをラックへ移して完全に冷ます。

❖フィリングを作るため、小さなソースパンにバターを入れて弱火で溶かす。火からおろして、グラニュー糖、ココアパウダー、バニラを加え、かき混ぜてグラニュー糖とココアパウダーを溶かし、よく混ぜる。

❖ビスケットが冷めたら、12枚を作業台に裏側を上にして置く。裏返したビスケットにそれぞれフィリングを均等に分けてたっぷり塗り、端まで広げる。上に残りのビスケットを1枚ずつ裏返さずにのせ、軽く押さえて落ち着かせる。ビスケットは密閉容器に入れて室温で最長4日間保存できる。

シェフの一口メモ

いつも子どもたちにとても人気のあるこのビスケットは、1910年にクレオラという名前で発売された。ブルボンという名前は1930年代から使われ、かつてのフランス王家ブルボンに由来する。

アイスクリームとスプリンクルのミニ・チョコレートカップ

私はアフタヌーンティーにアイスクリームをいただいたことが一度だけあり、それはバッキンガム宮殿でのことだったが、大いにお勧めできる。アイスクリームがせいぜい大さじ2～3杯入っているだけのこの小さなチョコレートカップは、子どもたちのための特別なアフタヌーンティーにぴったりだ。カラフルなスプリンクルと小さなユニオンジャックで飾ったこのお祝いにふさわしいカップは、愛国的で遊び心たっぷり、そしてなんといっても人気がある。あらかじめ用意して密閉容器に入れて冷凍室で保存しておけば、必要なときにすぐ出せる。

- ダークまたはミルクチョコレートの小さなカップ（直径5センチ、深さ4センチ）6個（右下にシェフの一口メモ）
- バニラアイスクリーム（すくって分けるタイプ）
- カラフルなシュガースプリンクル（トッピング用）
- ミニチュアのユニオンジャック6本

［6カップ分］

❖チョコレートカップを少なくとも30分冷凍室に入れる。冷えたカップにアイスクリームを詰める。アイスクリームの上にシュガースプリンクルをふりかけ、ミニチュアのユニオンジャックを1本ずつ飾る。すぐにテーブルに出すか、出すまで冷凍室に入れておく。

シェフの一口メモ

市販のチョコレートカップが見つからなければ、家庭でもとても簡単に作れる。ダークチョコレートかミルクチョコレート90gを溶かし、小さなシリコン型か、何か小さなしっかりした型にラップフィルムを敷き込んで、チョコレートを塗りつける。チョコレートが固まるまで冷やし、しっかりしたカップにするためにもう一度チョコレートを重ね塗りして、また固まるまで冷やしてから、型から取り出す。アルミホイル製の小さなカップケーキライナーにチョコレートを塗りつけ、チョコレートが固まってからホイルをはがしてもよい。

Hampton Court Palace
ハンプトン・コート宮殿

どれもチョコレート

❖ハンプトン・コート宮殿はロンドンの中心部から19キロ南のテムズ川のほとりにあり、最初から王宮だったわけではない。ヘンリー8世の宰相で、その後ローマ教皇レオ10世から枢機卿に任命されたトマス・ウルジーにより、1515年から何年もかけて建設された。ウルジーは肉屋の息子で、自分が優れていることを証明しようと思い立ち、自ら「イングランド一素晴らしい家」の建設に取りかかった。それは1000を超える部屋を誇る、これ以上ないほど大きな邸宅だった。完成後にハンプトン・コートを訪れた最初の客の中に国王ヘンリー8世と妃のキャサリン・オブ・アラゴンがいて、ふたりはそのとんでもない豪華さに圧倒されたに違いない。10年ののち、ヘンリー8世のキャサリンとの離婚許可を教皇から得ることができず寵愛を失っていたウルジー枢機卿は、この宮殿を王に献上した。

❖200年近くたった1690年、ハンプトン・コート改築計画の一環として、ウィリアム3世がこの種のものでは英国初のチョコレート専用の調理場の建設を命じた。当時、この国ではチョコレートは比較的新しく、かなり裕福な者しか手の届かない贅沢品だったので、これによって君主の力と近代性を誇示したのである。王と王妃はふつう、朝食の飲み物としてチョコレートを口にした。今日一般的な、いろいろ加工処理された甘すぎることの多いホットチョコレートとは、かなり違っていた。カカオ豆を炒って風味を出し、熱い石板の上で挽いてペーストにし、それから小さなかたまりに成形して数ヶ月熟成させる。そして牛乳か水、あるいはワインに溶かし込み、粗糖で甘くしスパイスで風味づけした飲み物だったのである。チョコレート・キッチンは安全な場所で、金色に光るチョコレート・ポットや高価な磁器のカップが保管され、チョコレート飲料はここで取り分け用の容器に入れられ、王や王妃に出された。

❖本章は、神々の食べ物といわれるだけでなく王の食べ物でもあるチョコレートをたたえる章だ。特別にブレンドされた贅沢なホットチョコレートのマグをかかげてウィリアム3世のために乾杯し、カカオニブのナゲットの味と香りであなたの味蕾を何百年も前の世界へと旅させよう。

ハンプトン・コートのチョコレート・キッチン

チョコレート・ファッジ・ケーキ

このしっとりしたファッジのようなダークチョコレートケーキは、軽くホイップしたバニラとチョコレートのバタークリームをたっぷり塗って、チョコレートのカール、星、スプリンクルを大量に飾ってある。おいしいうえに簡単に作れる。

ケーキの材料

- バター 175g(室温に戻す)+型に塗る分
- ダークブラウンシュガー 175g
- 薄力粉 150g
- 無糖のココアパウダー 30g
- ベーキングパウダー 小さじ2
- 重曹 小さじ1/2
- 放し飼い卵 3個(溶きほぐす)
- プレーンタイプのギリシャヨーグルトかサワークリーム 100g
- ピュア・バニラエキス 小さじ1

バタークリームの材料

- 無塩バター 90g(室温に戻す)
- 粉糖 175g(ふるう)
- ピュア・バニラエキス 小さじ1
- 牛乳 大さじ1
- 無糖のココアパウダー 30g

デコレーション用

- チョコレートのスプリンクル、ハート、星、カール(好みのもの)
- 仕上げにふる無糖のココアパウダー

[10人分]

❖ケーキを焼くため、オーブンを165℃に予熱する。20センチの丸いケーキ型2個にバターを塗り、底にクッキングシートを敷く。

❖ボウルにバターとブラウンシュガーを入れ、ハンドミキサーを使って、ふんわりしたクリーム状になるまで中速でかき混ぜる。薄力粉、ココアパウダー、ベーキングパウダー、重曹を合わせてこのボウルにふるい入れたのち、卵、ヨーグルト、バニラを加えて中速でかき混ぜ、すべての材料が十分になじんだらやめる。

❖用意した2個の型に生地を2等分して入れる。パレットナイフを使って生地の表面をならし、オーブンから出したときに上が平らになるように中央を少しくぼませる。

❖表面に触ると弾力が感じられるようになるまで、25〜30分焼く。型ごとワイヤーラックの上で5分ほど冷ましたのち、ラックの上へひっくり返して型をはずし、スポンジの上下を戻して完全に冷ます。

❖焼いている間にバタークリームを作る。中ぐらいのボウルにバターを入れ、ハンドミキサーを使って、ふんわりしたクリーム状になるまで高速でかき混ぜる。粉糖とバニラを加え、混ざるまで何分か低速でかき混ぜる。牛乳を加え、なじんでバタークリームが軽くふわふわになるまで引き続きかき混ぜる。バタークリームを大さじ6杯(125g)小さなボウルへ移す。残ったバタークリームにココアパウダーを加えて中速でかき混ぜ、なじんだらすぐにやめる。どちらのボウルも、おおいをしてわきによけておく。

❖ケーキを仕上げるため、スポンジを1枚ひっくり返して盛り皿に置き、バニラ・バタークリームを端まで塗り広げる。その上にもう1枚のスポンジをひっくり返さずにのせ、側面と上面にチョコレート・バタークリームを塗る。このとき側面はなめらかにするが、上面は渦や角があってもそのままでよい。チョコレートのデコレーションを散らし、軽くココアパウダーをふる。

究極のホットチョコレート

このレシピは、17世紀後半にイングランドでホットチョコレートを最初に楽しんだ人々のひとりであるウィリアム3世への賛意の表明だ。ダークチョコレート、ココアパウダー、スパイス、マダガスカル産バニラパウダーを贅沢にブレンドしたこのレシピは、あなたのホットチョコレートに対する見方を永久に変えるだろう。市販のミックスがすっかり色あせて見え、それなのにものの数分で作れる。チョコレートがシナモンおよびナツメグと見事に調和し、パプリカがほのぼのとした最初の香りをもたらし、バニラの誘惑的でありながらほっとする独特の芳香が素晴らしい。ちょっと贅沢なごちそうにするときは、ホイップクリームとマシュマロを添えて出す。

チョコレートミックスの材料

- ダークチョコレート 100g
- 無糖のココアパウダー 50g
- 粉糖 50g
- 有機栽培の純正マダガスカル産バニラパウダー 小さじ1
- シナモンパウダー 小さじ1/2
- ナツメグパウダー 小さじ1/4
- パプリカパウダー 少々

出すときに必要なもの

- 牛乳
- ホイップクリームとマシュマロ（トッピング用、好みで）

［チョコレートミックス約8杯分］

❖チョコレートミックスを作るため、四面おろし器の細かい穴を使って、チョコレートを小さなボウルへすりおろす。ココアパウダー、砂糖、バニラパウダー、シナモンパウダー、ナツメグパウダー、パプリカパウダーを加えてよく混ぜる。小さな瓶に入れてしっかり蓋をしておけば、室温で最長6ヶ月間保存できる。

❖テーブルに出すとき、1杯につき牛乳240mlをソースパンに入れて中火にかけ、沸騰寸前まで温める。チョコレートミックスを大さじ2〜3杯入れて泡立て器でかき混ぜ、火力を調節してぐつぐつ沸く状態を維持し、絶えずかき混ぜながら1分ほど煮る。カップかマグに注ぎ入れ、好みでホイップクリームをのせマシュマロを添える。

カカオニブとデーツとアーモンドのナゲット

この小さな一口サイズの菓子は、フラップジャック[オートミールをシロップで固めた英国の伝統菓子]を素朴で健康的にしたものだと私は考えている。フラップジャックでたっぷり使われるバター、ゴールデンシロップ、マスコバドシュガーの代わりに、ココナッツオイル、少量のメープルシロップ、デーツが使われ、カカオニブ[カカオ豆から皮を取り除いたもの]が強いほとばしるような風味と魅力的なザクザクした食感をもたらす。このナゲットを2〜3個食べればきっと元気が出てくる。そのうえ動物性食品もグルテンも入っていない。このレシピを載せたのは、カカオの素朴な土っぽい香りが、1600年代後半にハンプトン・コートのチョコレート・キッチンからウィリアム3世に出された、いわば原始的なホットチョコレートの風味をほうふつとさせるからである。

- やわらかい種抜きデーツ 150g（粗く刻む）
- アーモンドパウダー 75g
- グルテンフリーのオートミール 50g
- カカオパウダー 大さじ2・1/2（下にシェフの一口メモ）
- カカオニブ 大さじ2
- メープルシロップ 大さじ3
- ココナッツオイル 55g（溶かしてから冷ます）
- ピュア・バニラエキス 小さじ1

デコレーション用

- カカオディスク 30g（溶かしてから冷ます）

［ナゲット20個分］

❖フードプロセッサーにデーツ、アーモンドパウダー、オートミール、（ココアではなく）カカオパウダー、カカオニブを入れ、すべての材料が一様に砕かれるまで攪拌する。メープルシロップ、ココナッツオイル、バニラを加え、何回かパルス運転（断続運転）をしてよく混ぜる。

❖天板にクッキングシートを敷く。フードプロセッサーで混ぜたものを大さじで手のひらに取って丸め、しっかり押し固めてかたまり（ナゲット）にし、用意した天板にのせる。少なくとも1時間、硬くなるまで冷蔵庫で冷やす。

❖冷えて硬くなったら1個ずつ上部を溶けたカカオディスクに浸し、コーティングを損なわないように注意しながら、カカオをつけた側を上にして天板に戻す。全部のナゲットについてこれをしたら、もう一度冷蔵庫に30分ほど入れて、コーティングを固める。ナゲットは密閉容器に入れて冷蔵庫で最長3週間保存できる。

シェフの一口メモ

考えようによっては、カカオとココアというふたつの言葉は同じものを意味している。英語のcocoaはスペイン語のcacaoに由来し、cacaoはナワトル語（アステカ族の言語）のcacahuatl（カカワトル）から取られた。しかし、両者の間には重要な違いもある。カカオパウダーのように「カカオ」と表示された製品は、最小限しか処理していない豆から作られる。これに対しココアパウダーは、焙煎したカカオ豆から作られる。カカオはココアより強い土っぽい香りがする。レシピにあるココアパウダーをカカオパウダーで代用する場合は、量を3分の1ほど少なくすること。

チョコレートと塩味ピスタチオのクッキー

これはチョコチップクッキーの高級版だ。風味豊かで外はサクサク、中はしっとりのこのクッキーには、かすかに塩味のついたクリーミーなピスタチオと見事に調和する少し苦みのあるダークチョコレートを使う。焼きたてのまだ温かいものが出てきたら、ほんとうにたまらない。ピスタチオとアーモンドバターの代わりに塩ピーナツとピーナツバターを使ってもよい。

- ビタースイートチョコレート(カカオ70%) 170g(刻む)
- バター 75g(室温に戻す)
- アーモンドバター 大さじ3
- マスコバドシュガー 150g
- 微細粒のグラニュー糖 50g
- 放し飼い卵　全卵1個＋卵黄1個分
- ピュア・バニラエキス 小さじ1
- 薄力粉 150g
- 無糖のココアパウダー 大さじ2
- ベーキングパウダー 小さじ1
- 塩味のついたピスタチオ 50g(粗く刻む)
- ホワイトまたはダークのチョコレートチャンク 50g
- 粉糖 60g

[クッキー約50個分]

❖チョコレートを小さな耐熱ボウルに入れ、かろうじて沸いている熱湯が入ったソースパンの上に(ボウルの底が湯につかないように)重ね、ときどきかき混ぜながら、チョコレートが溶けてなめらかになるまで温める。ボウルをはずして5分ほど冷ます。その間に、大きなボウルにバター、アーモンドバター、マスコバドシュガー、微細粒のグラニュー糖を入れ、ハンドミキサーを使って、完全に混ざり合うまで中速でかき混ぜる。全卵、卵黄、バニラを少しずつ加え、なめらかになるまでかき混ぜる。薄力粉、ココアパウダー、ベーキングパウダーを合わせて直接このボウルにふるい入れる。低速にして、粉類が完全になじむまでかき混ぜる。冷めたチョコレートを注ぎ入れ、木べらかゴムべらで均一になるまで混ぜる。最後にピスタチオとチョコレートチャンク[チョコチップより大きなかたまり]を加えてよく混ぜる。ボウルにおおいをして冷蔵庫で30分冷やす。

❖オーブンを180℃に予熱する。天板2枚にクッキングシートかシリコンマットを敷く。

❖小さなボウルに粉糖を入れる。手のひらで生地をクルミ大に丸め、粉糖の中へ放り込んで厚く均一にまぶす。用意した天板に約2.5センチの間隔をあけて並べる。

❖触ってみるとおおむね固まっているが中はまだ少しやわらかい状態になるまで、約12分焼く。8分たった頃、フォークで1個ずつそっと押さえて少し平らにし粉糖の皮にひびを入れたら、続けてもう4分ぐらい焼く。天板ごとワイヤーラックの上で5分ほど冷ましたのち、クッキーをラックへ移して完全に冷ます。クッキーは密閉容器に入れて室温で最長4日間保存できる。

Brighton Pavilion
ロイヤル・パヴィリオン

ちょっとフランス風のお茶会

❖ブライトン・パヴィリオンとも呼ばれるロイヤル・パヴィリオンは、イーストサセックス州のブライトンという海辺の都市にあるエキゾチックな宮殿だ。リージェント様式［ジョージ4世が摂政（リージェント）を務めた時代の様式］の荘厳さに、インドおよび中国の様式のドームや尖塔が組み合わされていて、英国のほかのどの王宮とも違う。この宮殿は200年に及ぶ波乱に満ちた歴史を有している。もともとはジョージ4世のために海辺の離宮として建てられたが、市の建物、そして第一次世界大戦中は病院としても使われた。ワイト島にあるオズボーン・ハウスを王室の海辺の別邸とするというヴィクトリア女王の決定を受けて、1850年にブライトン市に売却された。現在ではロイヤル・パヴィリオンは博物館になっているが、奇想を凝らした風変わりな外観により、いつまでもブライトンを象徴する建物であり続けるだろう。

❖200年前の1817年1月18日に、ジョージ皇太子がロシア大公ニコライのためにロイヤル・パヴィリオンで晩餐会を開いた。摂政皇太子（つまりジョージ皇太子）は度を越した食べ方でよく知られ、一見して分かるほどの大食を理由に笑いものにされた。晩餐会の贅沢さと桁外れの規模は、大切な客を感心させたに違いない。メニューは皇太子の料理人で当時の「セレブリティ・シェフ」のひとりであるアントナン・カレームが考案して作り、139品あって、中には「ヒバリのテリーヌ」や「シャンパンに入った大きなチョウザメの頭」など、ゾッとするようなものもあった。しかしそれと対照的に、「焼き菓子で作ったロイヤル・パヴィリオン」はきっと見事なものだっただろう。

❖本章では、ちょっとフランス風のアフタヌーンティーのために、この晩餐会のメニューからそれほど過激でない品を4つ選んで少しだけ変えて作ってみた。

ロイヤル・パヴィリオンで開かれた王室晩餐会のメニュー

ラズベリーの渦巻きメレンゲ

この小さくて素朴なメレンゲ菓子には、サクッとした薄い皮の部分と、やわらかくて少し弾力のあるマシュマロのようなセンターがある。伝統的なパリのレシピにフリーズドライのラズベリーパウダーを加えることで、メレンゲの平凡な甘さを突き抜けるベリーの風味の爽快な一撃がもたらされる。この渦を巻いたグルテンフリーの一口菓子は、アフタヌーンティーのテーブルに美しい色彩を添える。

- 微細粒のグラニュー糖 150g
- 放し飼い卵の卵白 2個分
- ラズベリービネガーか赤ワインビネガー 小さじ1
- フリーズドライのラズベリーパウダー 大さじ1
- 赤の天然食品着色料 2〜4滴

［小さなメレンゲ菓子約30個分］

シェフの一口メモ

このレシピは、卵白の重さを量ってから2倍の量のグラニュー糖を使う、私がいちばん気に入っているメレンゲの作り方をもとにしている。それはシンプルで確実だ。最初にグラニュー糖を温めるのは、こうするとグラニュー糖が卵白に溶けやすくなって、美しいつやのある、軽くて安定したメレンゲができるからである。ビネガーを加えることにより、粘り気のあるおいしいセンターができる。卵白を泡立てる前に、ボウルと泡立て器に油がついてないか確かめること。油がついていると、卵白がきめ細かく泡立たない。

❖オーブンを200℃に予熱する。大きな天板にクッキングシートかシリコンマットを敷く。

❖用意した天板にグラニュー糖を入れて、薄く均一に広げる。天板をオーブンに約5分入れ、端のあたりのグラニュー糖が溶け始めたらすぐに出して、そのまま置いておく。

❖オーブンの温度設定を100℃にし、扉を少し開けたままにして中の温度を下げる。

❖グラニュー糖を温めている間に卵白を泡立てる。大きなボウルに卵白を入れ、ハンドミキサーを使って、ピンと角が立つまで中速で泡立てる。ミキサーを中速にしたまま、温かいグラニュー糖をスプーンで一度に1杯ずつふり入れ、その都度、またピンと角が立つまで泡立てる。グラニュー糖が全部入ったら、ビネガーを加えて高速で何分か泡立てて、なめらかでつやのある、きめ細かなメレンゲにする。

❖メレンゲにラズベリーパウダーをふりかけ、食品着色料を2滴加えてスプーンで混ぜ、必要ならもう1〜2滴加えて、メレンゲ全体に美しい鮮やかな赤色の渦巻き模様をつける。パウダーも着色料も完全に混ぜ込まないこと。ティースプーンを2本使って、用意した天板の上に約2.5センチの間隔をあけながらメレンゲの小さなかたまりを置いていく。

❖触れてみると乾いていて、シートやマットから簡単に持ち上がるようになるまで、メレンゲを30〜40分焼く。天板ごとワイヤーラックの上で完全に冷ましてから、シートまたはマットをはずす。このメレンゲ菓子は密閉容器に入れて室温で最長2週間保存できる。

アーモンド・ケーキ

リコッタ、アーモンドパウダー、レモン、ポレンタ粉が、このケーキに驚くほどやわらかな食感とピリッとした風味を与えている。甘いものがあまり好きでない人にぴったりのケーキだ。ティータイムに出すグルテンフリーのものをさがしている人にもよい。

- バター 150g(室温に戻す)+型に塗る分
- 皮なしアーモンド(ホール) 180g
- 細かいポレンタ粉 60g
- 細かくおろしたレモンゼスト 4個分
- 微細粒のグラニュー糖 180g +仕上げにふる分
- 放し飼い卵 4個(卵黄と卵白に分ける)
- 全乳のリコッタチーズ 200g
- レモン果汁 2個分

[10人分]

❖オーブンを150℃に予熱する。23センチの丸いスプリングフォームのケーキ型の側面にバターを塗り、底にクッキングシートを敷く。

❖フードプロセッサーにアーモンドを入れ、細かな粉になるまでパルス運転(断続運転)をする。ポレンタ粉とレモンゼストを加えて少し運転して混ぜる。中ぐらいのボウルにバターとグラニュー糖を入れ、ハンドミキサーを使って、白っぽくふわふわになるまで中速でかき混ぜる。卵黄を1個ずつ加え、その都度よくかき混ぜる。これにフードプロセッサーの粉類を入れて混ぜる。小さなボウルにリコッタチーズとレモン果汁を入れて混ぜ合わせ、生地に加えて混ぜる。

❖別の中ぐらいのボウルに卵白を入れ、泡立て器でやわらかい角が立つまで泡立てる。ゴムべらで卵白を静かに生地に混ぜ込み、むらがなくなり卵白の筋が残らなくなったらすぐにやめる。

❖用意した型に生地を入れ、パレットナイフで表面を平らにする。中心に竹串を刺して抜いたときに何もついてこなくなるまで、40〜50分焼く。型ごとワイヤーラックの上で20分冷ましたら、型の金具をゆるめて側面部分をはずし、底の板にのせたままケーキをラックの上で冷ます。ケーキがとても壊れやすいので、注意して作業すること。ケーキが完全に冷めたら、逆さにして底とクッキングシートをはずし、上下を戻してケーキ皿の上に置く。上にグラニュー糖をふってからテーブルに出す。

アンズとチェリーとピスタチオのヌガー

この伝統的なフランス菓子は、通常はアフタヌーンティーには出されない。しかし、とくにグルテンフリーのごちそうが必要なとき、場違いというわけではないのは確かだ。チェリーとアンズがほどよい酸味の小さなかたまりとなって蜂蜜で甘くしたヌガーにくるまれ、ピスタチオが色彩とサクサクした食感を添える。このヌガーを作るには少しばかり時間と忍耐(と製菓用温度計)が必要だが、努力する価値は十分にある。食べられる美しいプレゼントにもなる。

- 食用ライスペーパー 2〜4枚(次ページにシェフの一口メモ)
- 皮なしアーモンド(ホール) 100g
- 皮なしピスタチオ 100g
- 皮なしヘーゼルナッツ 50g
- 透明で注げるくらい粘り気の少ない蜂蜜 150g
- 微細粒のグラニュー糖 300g
- グルテンフリーの液状ブドウ糖 100g
- 水 100ml
- 放し飼い卵の卵白 2個分
- ピュア・バニラエキス 小さじ1
- 塩 少々
- やわらかいドライアプリコット(干しアンズ) 100g
- ドライチェリー 50g

[48切れ分]

- オーブンを180℃に予熱する。20センチの正方形の型の底と側面にライスペーパーを敷く。
- ナッツ類を全部、重ならないように天板の上にばらまく。オーブンに入れ、焦がさないように気をつけて、色づくまで約10分焼く。皿に移し、わきによけておく。
- 小さな厚手のソースパンに蜂蜜を入れる。別の小さな厚手のソースパンにグラニュー糖、ブドウ糖、水を入れて混ぜ合わせる。(できれば泡立て用アタッチメントを取りつけたスタンドミキサーの)きれいなボウルに卵白を入れ、やわらかい角が立つまで低速で泡立てる。同時に、蜂蜜を中火にかけて、製菓用温度計の表示が120℃になるまで加熱する。
- ミキサーを低速にしたまま熱い蜂蜜を卵白に注ぎ入れたのち、中速にする。卵白と蜂蜜を泡立てている間に、先ほど作った砂糖液を中火強にかけて沸騰させ、安定して沸騰し続けるように火力を調節し、製菓用温度計でシロップが145℃になるまで加熱する。

シェフの一口メモ

あまり甘くないヌガーの方が好きなら、ナッツやフルーツと一緒に、細かくおろしたオレンジまたはレモンのゼストを大さじ2杯加える。グルコースシロップとも呼ばれる液状ブドウ糖と食用ライスペーパーは、品ぞろえの豊富な食料品店、専門店、オンラインで見つけることができる。

❖ミキサーを中速にしたまま、熱いシロップをゆっくり一定の流れで卵白に注ぎ入れたのち、バニラと塩を加える。きめ細かでつやのあるしっかりした(粘着性のあるチューインガムのような)メレンゲができるまで、約10分泡立て続ける。泡立て方が足らないことはあっても泡立てすぎることはないので、誘惑に負けて10分たたないうちにやめないこと。

❖ナッツ類、アンズ、チェリーを入れて混ぜる(ナッツを温めると少し混ぜやすくなる)。用意した型に生地を入れ、パレットナイフで表面を平らにする。ぴったり入るように切ったライスペーパーを1枚のせて押さえる。少なくとも2時間、できれば一晩そのままにして、ヌガーを固める。

❖ヌガーを切り分けるため、清潔な作業台の上へひっくり返して型から出す。背の高いコップに熱湯を入れて、そばに置いておく。よく切れる長い鋸刃のナイフを使い、切る前に毎回、刃を熱湯に浸けながら、48個に切り分ける。ヌガーは密閉容器に入れて室温で最長1ヶ月間保存できる。

ロイヤル・パヴィリオンで開かれたロシア大公ニコライのための晩餐会

ほんのり塩味
カラメル・プロフィトロール

ロイヤル・パヴィリオンでの盛大な晩餐会用の、1817年1月18日のアントナン・カレームのメニューの中に、アニシード(アニスの実)を使ったプロフィトロール[一口サイズの小さなシュークリーム]のタワーがあった。このレシピでは、昔ながらのシューに(アニシードの代わりに)バニラで香りづけしたクリームを詰め、パリッとしたつややかに光るカラメルをかける。プロフィトロールにより、アフタヌーンティーに素敵なフランスっぽいものが加わる。

シュー生地の材料

- バター 50g
- 水 150ml
- 細粒の海塩 少々
- 薄力粉 60g
- 微細粒のグラニュー糖 大さじ1
- 放し飼い卵 2個(溶きほぐす)

ソースの材料

- 微細粒のグラニュー糖 200g
- ヘビークリーム 大さじ2(温める)
- ピュア・バニラエキス 小さじ1
- 粗粒の海塩 少々

フィリングの材料

- ヘビークリーム 240ml
- 微細粒のグラニュー糖 大さじ2
- ピュア・バニラエキス 小さじ1

[プロフィトロール20個分]

❖オーブンを200℃に予熱する。天板2枚にクッキングシートかシリコンマットを敷く。

❖シュー生地を作るため、ソースパンにバター、水、海塩を入れて中火にかけ、バターが溶けて沸騰し始めるまで加熱する。沸騰したらすぐに火からおろし、薄力粉を一度に全部加える。均一でなめらかな生地になるまで、約2分、木べらで手早くかき混ぜる。再び中火にかけ、絶えずかき混ぜながら、生地につやが出て丸くまとまって鍋肌から離れるようになるまで、2～3分加熱する。火からおろして、次に加える溶き卵が煮えないように、少し冷ます。

❖溶き卵を少しずつ加え、加えるたびに生地が再びまとまるまでよくかき混ぜる。卵が全部なじんだら、持ち上げた木べらからたらたらと落ちる、なめらかなペーストになっているはずだ。このペースト状のシュー生地を、2センチの丸口金をつけた大きな絞り出し袋に入れる。

❖用意した天板に、約4センチの間隔をあけながら、直径約2.5センチの小さなボール状に20個絞り出す。ぬらした指先で上をなでて平らにする。焼き色がついて触ると硬く感じられるようになるまで、15～20分焼く。ひとつひとつ上下逆さにしてワイヤーラックへ移し、完全に冷ます。

❖シューを焼いて冷ましている間にソースを作る。厚手のソースパンにグラニュー糖を入れて中火にかけ、鍋を静かに回しながら、グラニュー糖が溶けて透明になり泡立ち始めるまで加熱する。さらに色をつけるため、ときどき鍋を回しながら、グラニュー糖が濃い飴色になるまで、5分ぐらい加熱を続ける。火からおろし、泡立つので注意しながらクリームとバニラを加える。鍋を再び中火にかけ、1分ほど泡立て器で絶えずかき混ぜて、なめらかでつやのあるソースを作る。熱いソースを小さな耐熱ボウルに注ぎ入れ、あとでシューを浸すのに取っておく。保温しておく。

❖フィリングを作るため、ボウルにクリーム、グラニュー糖、バニラを入れ、ハンドミキサーを使って、ピンと角が立つまで中速でかき混ぜる。6ミリの丸口金をつけた絞り出し袋にフィリングを入れる。

❖鋭くとがったナイフの先で、シューの底の中央にひとつずつ小さな穴をあける。絞り出し袋の先を穴から押し込んで、シューが膨らむまでフィリングを詰める。

❖クリームを詰めたシューの上部を注意して温かいソースに浸し、ソースがついた側を上にしてラックに戻す。カラメルが固まるまでそのままにしてから、テーブルに出す(目を引くように、カラメルが固まる前に積み重ねてタワーにしてもよい)。クリームを詰めたら、数時間以内に食べた方がよい。

Highgrove House
ハイグローヴ・ハウス

庭から摘んできたばかりのハーブ

❖グロスターシャー州テットベリーにあるハイグローヴ・ハウスは、チャールズ皇太子とコーンウォール公爵夫人（カミラ夫人）の第一の私的な住居である。この屋敷は、ダイアナ妃との結婚の前年にあたる1980年にチャールズ皇太子がハロルド・マクミラン元首相の子息から購入した。素晴らしい庭園に囲まれた古典的なジョージアン様式の邸宅で、一家の素晴らしい住まいになった。ウィリアムとヘンリーが子どもの頃、ここは申し分のない週末の避難場所だった。平日の間、ふたりはロンドンの学校に通い、とても小さな庭しかないケンジントン宮殿で暮らしていた。だが、ハイグローヴのあらゆる空間が、幼い王子たちになくてはならない、世間の目にさらされないで過ごす自由を与えてくれた。

❖過去40年にわたり、チャールズ皇太子は地所にある庭園の改造にかなりの精力を注いできた。彼はその仕事を、何人かの有能な園芸家やデザイナー、個人的な友人、ハイグローヴの庭師チームとともにやってきた。しかし多くを自分で行い、彼の庭への情熱がどんなものか、私は証言できる。忙しく働いたとても長い一日の終わり、たいていの人が夕飯の席に着くことにする頃、チャールズ皇太子がガーデニング用の靴をはいて庭に出て行き、暗くて続けられなくなるまで作業することがたびたびあったのだ。

❖彼の構想が途方もないものであることは、庭がひとつだけあるのではなく多くの異なる景観が集められていることから分かる。たとえば古典的な日時計の庭、（典型的な英国の庭だが、チベットで使われる色から着想を得た）コテージガーデン、ヴィクトリア時代の造園技法の影響を受けたなんとも変わったスタンペリーガーデン

[木の切り株を生かした庭]がある。塀で囲まれたキッチンガーデンは葉っぱ一枚落ちていない完璧さで、見事な有機野菜や果物も収穫でき、その多くが代々伝えられてきた珍しい種類である。タイムの歩道は、20種類以上あるタイムのかぐわしいカーペットだ。
❖新鮮なハーブは甘い料理にも甘くない料理にも大いに個性と色彩を与え、私が作るあらゆる料理で重要な役割を果たした。チャールズ皇太子には、膨大な知識とハーブへの情熱を私に伝え、そうすることで私の料理のやり方をすっかり変えてくださったことを、いつまでも感謝する。いまだに私は、食事のほんの数分前に野花の咲く草地を駆け抜けてキッチンガーデンへ行き、新鮮なハーブを何束も摘んだハイグローヴでの日々のことを思い出し、夢想にふけることがある。今日に至るまで、レモンケーキのタイムだろうがチョコレートケーキのミントだろうが、私が作るほとんどあらゆるものに新鮮な緑の葉や茎を添えずにはいられない。

レモンとタイムのケーキ

ヨーグルトとオリーブ油を使って作るこのケーキは、信じられないほど軽いのにしっとりしている。まだ温かいうちにタイムのよい香りがするレモンシロップをたっぷりかけてあり、冷めるとそれがケーキの上で繊細なパリパリの甘い皮になる。つややかに光るベリーをたくさん添えて出せば、庭で楽しむ夏のアフタヌーンティーでテーブルの中央を飾る素晴らしい一品になる。新鮮なタイムの芳香はこれからもかならず、ハイグローヴの庭、そしてケーキにのせたりサラダに入れたりする直前に新鮮なハーブを摘める喜びの、消えることのない記憶をよみがえらせてくれるだろう。

ケーキの材料

- 型に塗る植物油
- 薄力粉 300g＋型にふる分
- ライトタイプのオリーブ油 180ml
- 放し飼い卵 2個
- プレーンタイプのギリシャヨーグルト 200g
- 微細粒のグラニュー糖 250g
- 細かくおろしたレモンゼスト 大さじ2
- ベーキングパウダー 大さじ1

シロップの材料

- しぼりたてのレモン果汁 60ml
- 新鮮なレモンタイムかコモンタイム 6本
- グラニュー糖 125g

デコレーション用

- イチゴ、ラズベリー、ブルーベリー、そのほか季節のベリー類を取り混ぜて 225g
- 新鮮なレモンタイムかコモンタイム 6本
- 仕上げにふる粉糖

［10～12人分］

❖ケーキを焼くため、オーブンを180℃に予熱する。23センチのリング状のケーキ型（エンゼルケーキ型）の内側全面につくように注意して油を塗ったのち、むらなく薄力粉をふり、軽くたたいて余分な粉を落とす。

❖大きなボウルにオリーブ油、卵、ヨーグルト、微細粒のグラニュー糖、レモンゼストを入れて、泡立て器でよく混ぜる。薄力粉とベーキングパウダーを合わせて直接このボウルにふるい入れる。大きなスプーンかゴムべらで混ぜ、十分になじんだらすぐにやめる。

❖用意した型に生地を流し入れる。表面に焼き色がつき、中心近くに竹串を刺して抜いたときに何もついてこなくなるまで、30～35分焼く。

❖ケーキを焼いている間にシロップを作る。小さなソースパンにレモン果汁を入れて弱火で温め、熱くなったらすぐに火からおろしてタイムを入れ、冷めるまで20分ほどそのままにして香りを移す。タイムを取り除き、グラニュー糖を入れて溶けるまでかき混ぜる。

❖ケーキが焼き上がったらオーブンから出し、型ごとワイヤーラックの上で10分冷ます。それから、まだ熱いうちに注意して盛り皿の上へひっくり返してケーキを出す。シロップをすくって温かいケーキにかけ、側面を流れ落ちるままにする。シロップが固まり、ケーキが完全に冷めるまで、そのままにしておく。

❖デコレーションとして、中央の穴に果物を詰め、上にタイムを散らし、軽く粉糖をふる。すぐにテーブルに出す。

ホワイトチョコレートとミントのケーキ

ホワイトチョコレートとミントのバタークリームを塗った、この目を引く緑と白のケーキは、とてもさわやかな感じがする。私はミントのデコレーションのシンプルさが大好きで、それはいつも私をハイグローヴの塀で囲まれた庭に連れ戻してくれる。そこは、それぞれ独特の姿、香り、味を持つ面白いミントの宝庫だった。私が気に入っているのは、少し例をあげればペパーミント、スペアミント、アップルミント、パイナップルミント、ペニーロイヤルミント、コルシカミント、エジプシャンミントなどだが、いちばん変わっているのはチョコレートミントで、実際にチョコレートの味がして、このケーキにぴったりだ。

ケーキの材料

- バター 340g(室温に戻す)+型に塗る分
- 微細粒のグラニュー糖 350g
- 放し飼い卵 6個
- 薄力粉 340g
- ベーキングパウダー 小さじ4
- 海塩 少々
- プレーンタイプのギリシャヨーグルト 大さじ3
- ピュア・バニラエキス 小さじ1
- 緑の天然食品着色料 4～6滴

バタークリームの材料

- ホワイトチョコチップ 200g
- 無塩バター 225g(室温に戻す)
- 粉糖 225g(ふるう)
- ピュア・ペパーミントオイル 5滴(次ページにシェフの一口メモ)
- 牛乳(必要なら)

デコレーション用

- 新鮮なミント(できればチョコレートミント) 小さな束1
- 仕上げにふる粉糖

[10人分]

❖ケーキを焼くため、オーブンを180℃に予熱する。20センチの丸いケーキ型3個の側面にバターを塗り、底にクッキングシートを敷く。

❖大きなボウルにバターと微細粒のグラニュー糖を入れ、ハンドミキサーを使って、ふんわりしたクリーム状になるまで高速でかき混ぜる。卵を3個加えて、十分になじむまでかき混ぜる。薄力粉30gを直接このボウルにふるい入れ、中速でよく混ぜる。残りの卵3個を加え、十分になじむまでかき混ぜ続ける。残りの小麦粉310gとベーキングパウダーと海塩を合わせて直接ボウルにふるい入れ、スプーンかゴムべらで静かに混ぜ込み、混ざったらすぐにやめる。最後にヨーグルトとバニラを入れて混ぜる。

❖用意した型のひとつに生地の3分の1を入れる。残りの生地に食品着色料を2滴か必要ならもっと入れてかき混ぜ、薄い緑色にする。この生地の半分を、用意したもうひとつの型に入れる。残りの生地に食品着色料を2～3滴加えてもっと濃い緑色にしてから、用意した3つ目の型に入れる。3つの型に入れた生地の表面をそれぞれパレットナイフを使ってならし、オーブンから出したときに上が平らになるように真ん中を少しくぼませる。

シェフの一口メモ

私はアイシングの風味づけに、ペパーミントエキスではなく食用のペパーミントオイルを使う。香りが非常に強いため、数滴しか必要ない。アルコールを含んでいるペパーミントエキスより、ずっとさわやかで本物に近い風味をアイシングに与えることができる。

❖表面に触ると弾力があり、中心に竹串を刺して抜いたときに何もついてこなくなるまで、20〜25分焼く。

❖焼いている間にバタークリームを作る。ホワイトチョコチップを小さな耐熱ボウルに入れ、かろうじて沸いている熱湯が入ったソースパンの上に(ボウルの底が湯につかないように)重ね、ときどきかき混ぜながら、チョコレートが溶けてなめらかになるまで温める。ボウルをはずして完全に冷ます。

❖ボウルにバターを入れ、ハンドミキサーを使って、クリーム状になるまで低速でかき混ぜる。粉糖を少しずつ加えながら、十分に混ざるまで続けて低速でかき混ぜ、ペパーミントオイルを入れて混ぜる。冷めたチョコレートを注ぎ入れ、塗り広げられるやわらかさになるまで、引き続き低速でかき混ぜる(チョコレートは完全に冷めてから加えること。でないとバタークリームが溶けてしまう)。バタークリームが濃すぎるときは、牛乳を数滴加えてやわらかくする。おおいをして、必要になるまで取っておく。

❖スポンジが焼き上ったら、型ごとワイヤーラックの上で5分ほど冷まし、ラックの上へひっくり返して型をはずしたのち、上下を戻して完全に冷ます。

❖3枚のスポンジを重ねる前に、必要なら、置いたときに安定するようにスポンジの上部を切って形を整える。白いスポンジを上下逆さにして盛り皿にのせる。バタークリームをたっぷり塗り、端まで広げる。その上に薄緑色のスポンジを重ねてバタークリームをたっぷり塗ったら、上に濃い緑色のスポンジを重ねる。ケーキの上面にたっぷり、側面に薄くバタークリームを塗って、上面と側面をならしてきれいに仕上げる。

❖デコレーションとして、ケーキの中央にミントの束をのせ、上に軽く粉糖をふる。暖かいとミントがしおれるかもしれない。これを防ぐには、ケーキにのせる前に、水を入れた小さなガラス容器に生けておく。庭にミントが生えていたら、かわいい花も摘んで、葉と一緒にデコレーションに使ってもよい。すぐにテーブルに出す。

ヤギ乳チーズとズッキーニとチャイブのマフィン

このほどよい塩味の小さなマフィンは、ティー・サンドイッチ[ティータイムに出される一口サイズのサンドイッチ]とはまた違ったおいしさだ。好きなヤギ乳チーズ、スイスのグリュイエール、あるいはスティルトンのようなクセの強い英国のブルーチーズを使って、いろいろ変化をつけることができる。農家自家製のバター、クリームチーズ、自家製ペスト(作り方は81ページのパルミエのレシピ)を添えて出す。

- 型に塗るバター(室温に戻す)
- 薄力粉 300g
- ベーキングパウダー 小さじ4
- 海塩 小さじ1/2
- パプリカ 小さじ1/4
- おろしたシャープ(熟成)チェダーチーズ 50g
- おろしたてのパルメザンチーズ 大さじ3
- 松の実 大さじ2
- 牛乳 200ml
- 放し飼い卵 2個
- キャノーラ油か溶かしバター 大さじ1
- すりおろしたズッキーニ 150g
- ソフトタイプのヤギ乳チーズ 115g(6ミリの角切りにする)
- 新鮮なチャイブのみじん切り 大さじ3

[マフィン36個分]

❖オーブンを200℃に予熱する。12カップのミニマフィン型3枚にバターを塗る。クッキングシートを幅12ミリ、長さ10センチの細長い形に36枚切る。それをマフィン型のカップに1枚ずつ敷き込み、端をふちから出しておく。こうしておくと、焼き上がったときにマフィンを型から出しやすくなる。

❖薄力粉、ベーキングパウダー、塩、パプリカを合わせてボウルにふるい入れる。チェダーチーズ、パルメザンチーズ、松の実を加えて混ぜる。真ん中にくぼみを作る。大きな計量カップに牛乳、卵、油、ズッキーニを入れて泡立て器でかき混ぜ、混ざったらくぼみに注ぎ入れる。マフィンのトッピング用にヤギ乳チーズの角切りを36個よけておく。残りのヤギ乳チーズとチャイブをくぼみに加え、湿った材料と乾いた材料を少しずつ混ぜ合わせて、均一に混ざったらやめる。混ぜすぎないこと。

❖用意した型のカップに生地を均等に分けて入れる。マフィンの上にヤギ乳チーズの角切りを1個ずつのせる。5分焼いたらオーブンの温度を190℃に下げ、続けてもう10〜12分焼く。マフィンがよく膨らんで焼き色がつき、触ってみて弾力があれば焼き上がり。型ごとワイヤーラックの上であら熱を取ったのち、マフィンを出してラックの上で冷ます。温かいうちにテーブルに出す。マフィンは密閉容器に入れて室温で最長2日間保存できる。

自家製ペストのパルミエ

とても軽くてサクサクした夏向きのこの甘くないパイ菓子は、甘いパルミエ以上に食べ出したらやめられない。作るのはとても簡単で、オーブンから出したとたん、気がついたら消え始めているだろう。私は自家製のペストを使う。それは、とくに家で栽培したハーブを使うことができれば、風味と色が市販のものよりはるかによいからだ。

ペストの材料

- 松の実 30g
- おろしたてのパルメザンチーズ 90g
- ニンニク ひとかけ
- 新鮮なバジルの葉 75g
- オリーブ油 大さじ3
- 挽きたての黒コショウ

パルミエの材料

- バター100%パイシート(折り込みパイ生地) 1枚(320g)(凍っている場合はパッケージの指示に従って解凍する)
- 小麦粉(打ち粉用)
- おろしたてのパルメザンチーズ 30g

[パルミエ約30個分]

❖オーブンを190℃に予熱する。天板2枚にクッキングシートかシリコンマットを敷く。

❖ペスト[具材をすりつぶしてペースト状にしたソースのこと]を作るため、フードプロセッサーに松の実、パルメザンチーズ、ニンニクを入れ、パルス運転(断続運転)をして細かく刻む。バジル、オリーブ油、コショウ少々を加え、塗り広げられる状態になるまで撹拌する。ペストを瓶に入れる(下にシェフの一口メモ)。

❖軽く粉をふった作業台にパイシートを広げ、めん棒でのばしておよそ25×40センチの長方形にする。生地の上に薄く均一に広げられるだけの量のペストを塗り、端まで広げる。パルメザンチーズを少し残して散らす。その上にかぶせるようにして、一方の長辺がシートの中心線に来るように折り、反対側も折って中心線で合わせる。折りたたんだ生地にさらにペストを塗って、やはり端まで広げ、残しておいたパルメザンチーズを散らす。また長辺が中心線で合うように折りたたんだのち、長さ20センチになるように二等分する。冷蔵庫で20分冷やす。

❖鋭い薄刃のナイフを使って、ペストの入った生地を注意して幅約6ミリの輪切りにする。それを、用意した天板の上に約2.5センチの間隔をあけて、寝かせて置く。焼き色がつくまで15分焼くが、裏側もパリッとするように10分たった頃にひっくり返す。天板ごとワイヤーラックの上であら熱を取る。焼きたてのまだ温かいうちに食べるのがいちばんおいしい。

シェフの一口メモ

ペストに、新鮮なハーブとやわらかい葉野菜を組み合わせて使ってもよい。たとえばバジル、チャイブ、ミント、アルギュラ(ルッコラ)がよく合う。必要な量よりたくさんペストができるだろう。残ったら、きつく蓋をして冷蔵しておけば、最長1週間、パスタに使ったりサラダやサンドイッチに入れたりできる。

Blenheim Palace
ブレナム宮殿

ウィンストン・チャーチルのティータイムのお気に入り

❖オックスフォードシャー州ウッドストックにあるブレナム宮殿は、マールバラ公爵家が所有する並はずれて大きなカントリーハウスで、現在は第12代マールバラ公爵の住まいになっている。1705〜1722年に建設され、周囲には800ヘクタールの整備された緑地と整形式庭園があり、王室の住まいでも主教の住まいでもないのに宮殿（パレス）と呼ばれるイングランドで唯一のカントリーハウスである。第7代マールバラ公爵の孫であるウィンストン・チャーチル卿は、1874年にブレナム宮殿で生まれ、生涯のかなりの期間をここで過ごした。

❖この章のレシピはみな、チャーチルの素晴らしい料理人、ジョージナ・ランドマールに触発されて思いついたものだ。彼女は15歳の若さで台所で働き始め、73歳になるまで続けた。1939年にチャーチル家に手紙を書いて、戦時の料理人として雇ってほしいと申し出た。その後、1940年から1954年まで一家のために働いたが、この時期、英国では配給制度が実施されていた。限られた食料から贅沢な食事を作り出し、チャーチルの多忙なスケジュールに合わせることができたため、彼女はこの家になくてはならない貴重な存在になった。チャーチルは、楽しみのためだけでなく、世界が戦争の真っただ中にあるときの外交ツールとしても、食べ物をとても大切に思っていた。そして、とくに重要なのが彼が配給のときに特別扱いを受けた形跡がないことで、だからミセス・ランドマールの台所における並はずれた臨機応変の才がこれほど高く評価されたのである。

❖ここで紹介するレシピは、戦中戦後のものを参考にしたが、物資が極端に不足していたこの時期に比べれば質素でも経済的でもない。しかしいずれも、素晴らしいリーダーと、彼を支えた優れた料理人への賛意の表明である。そしてどれも、ミセス・ランドマールの時代にしていたのと同じように、機械ではなく手で作ることができる。

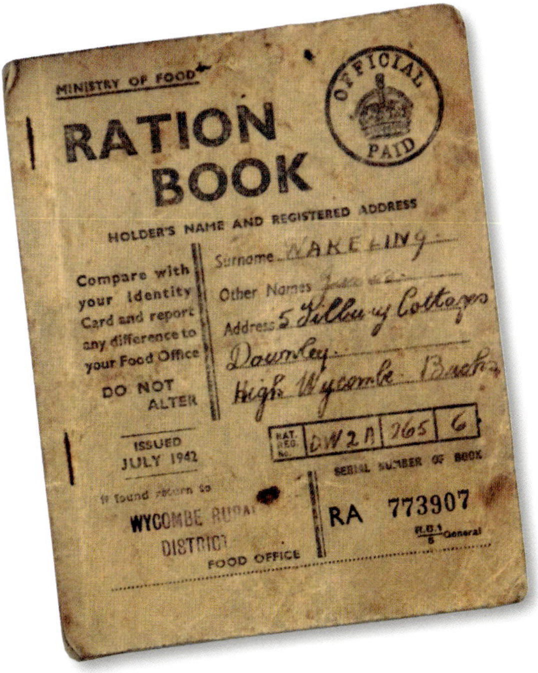

戦時中に政府が発行した典型的な食料配給手帳

グレーズをかけた
ジンジャー・ショートブレッド

この「溶かして混ぜる」ショートブレッドは、すぐにできる。ステムジンジャー[ショウガの根茎をシロップで煮て漬けた菓子]を使うことで伝統的なショートブレッドよりしっとりし、スペルト小麦によりナッツのような香ばしさが加わる。ジンジャーパウダーとステムジンジャーを合わせて使うことで、おいしくて心も体も温まる菓子になる。このショートブレッドは、23センチの丸い型で焼いて、くさび形に切ってもよい。

ショートブレッドの材料

- バター 150g
- デメララシュガー 100g
- ジンジャーパウダー 小さじ2
- 薄力粉 125g
- スペルト小麦粉 60g
- ベーキングパウダー 小さじ1
- シロップ漬けのステムジンジャー 2個(40g)(細かくおろす)

グレーズの材料

- バター 60g
- ステムジンジャーのシロップ 大さじ1
- ジンジャーパウダー 小さじ1/2
- 粉糖 60g(ふるう)
- シロップ漬けのステムジンジャー 1個(細かくおろす)

[24切れ分]

❖ショートブレッドを焼くため、オーブンを180℃に予熱する。20センチの正方形のケーキ型にクッキングシートを敷く。

❖すべての材料が入る大きなソースパンにバターを入れ、弱火で溶かす。火からおろし、デメララシュガーとジンジャーパウダーを入れて木べらでかき混ぜ、とろみが出てつやのあるバタースカッチソースのようになるまで混ぜ続ける。2種類の小麦粉とベーキングパウダーを合わせて直接このソースパンにふるい入れ、よく混ぜる。最後にステムジンジャーを加えて混ぜ合わせる。

❖用意した型に生地を入れ、スプーンの背で表面を平らにする。表面にうっすら焼き色がつくまで15〜20分焼く。

❖ショートブレッドを焼いている間にグレーズを作る。小さなソースパンにバター、ジンジャーシロップ、ジンジャーパウダーを入れて、弱火でバターを溶かす。火からおろし、粉糖とすりおろしたステムジンジャーを入れて混ぜる。

❖ショートブレッドが焼き上がったら、型ごとワイヤーラックに移す。温かいショートブレッドにグレーズをかけ、パレットナイフを使ってグレーズを型の端まで均等に塗り広げ、表面を平らにする。ショートブレッドを24個に切る。完全に冷ましてから、型から出す。ショートブレッドは密閉容器に入れて室温で最長4日間保存できる。

シェフの一口メモ

シロップ漬けのステムジンジャーが手に入らない場合は、クリスタルジンジャー[ショウガの砂糖漬け]を使い、シロップを蜂蜜で代用する。そのショートブレッドはもっとパリパリ、サクサクしていて、同じくらいおいしい。

カラメルをかけた
アップル・ターンオーバー

伝統的にターンオーバーは、1枚の生地にフィリングをのせて、それをはさむようにふたつ折りにし、端を閉じて作る。もともとは「持ち運びできる食事」として作られ、甘いものも甘くないものもあり、三角、半月、正方形などの形がある。戦時中は果物の配給がきびしく制限されていたため、こうした果物を詰めた焼き菓子は、人々が庭のリンゴを収穫する秋に作られていた。塩味のカラメルは、この昔ながらのレシピに私が追加したものだ。シナモンの香りがするリンゴをサクサクしたバター たっぷりのパイ皮で包んだこのシンプルなターンオーバーは、焼きたての温かいものを出す。

フィリングの材料

- バター 大さじ2
- マスコバドシュガー(ライト) 大さじ1
- リンゴ(品種ブレイバーン) 3個(皮をむいて芯を取り、さいの目に切る)
- シナモンパウダー 小さじ1/2

カラメルの材料

- 微細粒のグラニュー糖 75g
- 水 大さじ2
- クレーム・フレーシュ 125g
- マスコバドシュガー(ライト) 大さじ3
- ピュア・バニラエキス 小さじ1
- 塩 少々

- バター100%パイシート(折り込みパイ生地) 1枚(320g)(凍っている場合はパッケージの指示に従って解凍する)
- 小麦粉(打ち粉用)
- 放し飼い卵 1個(溶きほぐす、つや出し用)
- 仕上げにふる粉糖

[ターンオーバー8個分]

❖オーブンを200℃に予熱する。大きな天板にクッキングシートかシリコンマットを敷く。

❖フィリングを作るため、厚手のソースパンにバターとマスコバドシュガーを入れ、中火でバターを溶かす。リンゴとシナモンパウダーを加え、頻繁にかき混ぜながら、リンゴがやわらかくなるまで何分か煮る。火からおろして冷ます。

❖カラメルを作るため、小さな厚手のソースパンに微細粒のグラニュー糖と水を入れて弱火にかけ、かき混ぜながら徐々に温めて溶かす。溶けたら、かき混ぜるのをやめて沸騰させ、色が均等につくようにときどき鍋を回しながら、鮮やかな琥珀色になるまで約4分沸騰させる。火からおろし、クレーム・フレーシュ、マスコバドシュガー、バニラ、塩を、泡立つので注意しながら加える。再び弱火にかけ、木べらでもう1分ほどかき混ぜたのち、小さな耐熱ボウルに移して冷ます。

❖ターンオーバーを作るため、軽く粉をふった作業台にパイシートを広げ、めん棒でのばして厚さ6ミリ以下の40センチの正方形にする。10センチの正方形16枚に切り分ける。8枚の正方形の中央にフィリングをスプーン1杯ずつのせ、2センチ幅でふちを残す。フィリングは使い切る。各正方形のふちに刷毛で水をつける。残りの8枚の正方形を1枚ずつそっと斜めに半分に折って三角形にする。粉をつけた鋭いナイフを使って、折り目にそって小さな斜めの切れ込みを4つ入れたのち、三角形をそっと開いて正方形に戻す。

❖飾りをつけた正方形を、フィリングをのせた正方形の上にかぶせ、ふちを押さえて閉じる。上に刷毛で溶き卵を塗るが、生地が膨れにくくなるので側面に流れ落ちないように注意すること。よく膨らみパリッとして焼き色がつくまで、20〜25分焼く。天板ごとワイヤーラックの上であら熱を取ったのち、軽く粉糖をふって、温かいうちにテーブルに出す。

セビルオレンジ・マーマレードのケーキ

ウィンストン・チャーチルの食事には、伝統的なセビルオレンジ・マーマレード[強い酸味と苦みのあるスペイン産のオレンジで作るマーマレード]が欠かせなかったといわれており、きっと朝食にバターを塗った熱いトーストにつけて食べたのだろう。このケーキはマーマレード好きにいつも喜ばれる。スペルト小麦の全粒粉と、砂糖の代わりにメープルシロップを使って作り、軽いが少しナッツのような食感があって甘すぎない。オレンジの香りがするパリパリのおいしいトッピングで仕上げる。

ケーキの材料

- バター 190g(室温に戻す)+型に塗る分
- スペルト小麦粉 190g
- ベーキングパウダー 小さじ2
- 放し飼い卵 2個
- セビルオレンジ・マーマレード 大さじ3
- 細かくおろしたオレンジゼスト 大さじ1
- メープルシロップ 325g

トッピングの材料

- バター 大さじ1(溶かす)
- 微細粒のグラニュー糖 50g
- 細かくおろしたオレンジゼスト 大さじ2
- ピュア・バニラエキス 小さじ1
- 塩 少々

[10人分]

❖ケーキを焼くため、オーブンを180℃に予熱する。20×10×6センチのローフ型にバターを塗り、底にクッキングシートを敷く。

❖ボウルにバターを入れ、木べらかハンドミキサーを使って、とてもやわらかいクリーム状になるまでかき混ぜる。小麦粉、ベーキングパウダー、卵、マーマレード、オレンジゼスト、メープルシロップを加え、すべての材料がよく混ざるまでかき混ぜる。

❖用意した型に生地を入れ、パレットナイフで表面を平らにする。表面に焼き色がついて、中心に竹串を刺して抜いたときに何もついてこなくなるまで、40～50分焼く。型ごとワイヤーラックの上であら熱を取ったのち、ラックの上へひっくり返して型をはずし、ケーキの上下を戻す。

❖トッピングを作るため、小さなボウルに溶かしバター、グラニュー糖、オレンジゼスト、バニラ、塩を入れて、グラニュー糖が溶けるまでかき混ぜる。それを、パレットナイフを使って温かいケーキの上に均等に塗る。ケーキが冷めたらテーブルに出す。

チャーチルのフルーツ・ケーキ

チャーチルの料理人、ジョージナ・ランドマールによれば、フルーツ・ケーキは首相の大好物だったという。このレシピは、ミセス・ランドマールの『チャーチルのクックブック(Churchill's Cookbook)』に登場するものからヒントを得た。もっと軽くてカラフルで、ゴールデンレーズン(サルタナレーズン)の代わりにグラッセチェリー、ドライフィグ(干しイチジク)、ドライアプリコット(干しアンズ)を使っている。80年ほど前はフルーツをお茶に浸してやわらかくしていた。しかし私はリンゴジュースを使い、さらにリンゴを1個まるごとすりおろして加え、おかげでこのケーキはほどよくしっとりしている。

- リンゴジュース 240ml
- やわらかいドライアプリコット 200g(さいの目に切る)
- バター 225g(室温に戻す)
- ダークブラウンシュガー 170g
- 糖蜜または蜂蜜 大さじ2
- 放し飼い卵 5個
- 薄力粉 285g
- ベーキングパウダー 大さじ1
- ミクストスパイス 小さじ2(38ページにシェフの一口メモ)
- リンゴ 中1個(皮をむき、四面おろし器の大きな穴でおろす)
- グラッセチェリー 110g(半分に切り、粉をまぶす)
- やわらかいドライフィグ 70g(さいの目に切る)
- グラニュー糖 大さじ2

[12人分]

シェフの一口メモ

バターが室温になっていれば、ジョージナ・ランドマールがきっとしたようにこのケーキを手で作るのはとても簡単だ。

- オーブンを150℃に予熱する。高さ7.5センチで一辺が20センチの正方形のスプリングフォームか底をはずせるケーキ型にクッキングシートを敷く。
- 小さなソースパンにリンゴジュースを入れ、強火で沸騰させる。火からおろしてドライアプリコットを加え、少なくとも数時間、できれば一晩、そのまま浸して膨らませる。
- ボウルにバターとブラウンシュガーを入れ、木べらで混ぜて軽くてふわふわのクリーム状にする。糖蜜を加えてよく混ぜる。卵を1個ずつ加え、その都度よく混ぜる。分離するようなら、薄力粉をスプーンで2〜3杯加える。
- (残りの)薄力粉、ベーキングパウダー、ミクストスパイスを合わせて直接このボウルにふるい入れて混ぜ、粉がむらなくなじんだらすぐにやめる。ドライアプリコットをリンゴジュースから出して水けを切り、ジュースは取っておく。生地にドライアプリコット、すりおろしたリンゴ、チェリー、イチジクを加えて、一様に散らばるように混ぜる。
- 用意した型に生地を入れる。パレットナイフを使って表面をならし、ケーキをオーブンから出したときに上が平らになるように真ん中を少しくぼませる。
- 中心に竹串を刺して抜いたときに何もついてこなくなるまで、1時間15分〜1時間半焼く。ケーキが焼き上がる前に表面の色が濃くなりすぎるようなら、アルミホイルかクッキングシートをふんわりかぶせる。型ごとワイヤーラックの上で5分ほど冷ましたのち、型の側面部分をはずす。
- ケーキを冷ましている間に、取っておいたリンゴジュースを小さなソースパンに入れてグラニュー糖を加え、中火にかける。かき混ぜながら沸騰直前まで加熱してグラニュー糖を溶かし、シロップ状になるまで何分かとろ火で煮詰める。火からおろして、シロップを温かいケーキの上面と側面に塗りつける。完全に冷ましてからテーブルに出す。

LOUIS
LE GRAND

Balmoral Castle
バルモラル城

スコットランドのサーモン

❖スコットランドのロイヤル・ディーサイドにあるバルモラル城は、曲がりくねって流れるディー川のほとり、ロッホナガー山のすぐそばにある。女王個人が所有する2万2200ヘクタールの地所(クラウン・エステート――法人としての国王に帰属する土地――ではない)の中心をなす住居で、家族の誰からもたいへん愛されている。それはここが、彼らみんなにとって人目にさらされる生活からの避難先というなくてはならない場所になっているからだ。毎年夏になると、女王は何人もの家族とともに長期の休暇を過ごしにバルモラル城を訪れる。そして彼らは、散歩や釣りをし、獲物を求めて歩きまわり、絵を描き、木の実やキノコを集め、有名なブレマーの競技会のような地元の行事を楽しむ「ハイランドの生活」にひたるのである。

❖1852年にアルバート公が、もともとここにあった城と土地を購入した。伝えられるところでは、ヴィクトリア女王は、スコットランド高地のこの美しい岩だらけの地域を非常に正確に描写したバイロン卿の詩を読んで、スコットランドでより多くの時間を過ごすようになったという。

> イングランド、なんじの美しさはおとなしく、飼いならされている
> 遠く山々を放浪してきた者にとっては
> ああ、荒々しく堂々とそそり立つごつごつした岩山
> 暗いロッホナガーの険しく人を寄せつけぬ荘厳な姿がなつかしい

❖1853年、もっと大きな新しい城の建設が始まった。近くの採石場で採れる灰色の花崗岩で建設されたこの城の建築様式は、スコティッシュ・バロニアル様式と呼ばれる。1856年にそれが完成すると、もともとあった城は取り壊された。長年の間に歴代の王室がさらに土地を購入し、さまざまな機能を持つこの地所の面積を広げてきた。現在、ここには森林、農地、ライチョウの猟場があり、鹿、ポニー、信じられないほど毛むくじゃらのハイランド牛の群れが管理されている。

❖シェフとして働くには、バルモラル城は夢のようなところだった。私たちはいつも、すぐ近くのバークホール・ハウスに滞在した。ここは皇太后の住まいだったが、現在はチャールズ皇太子のものになっている。地所には、シャントレル(アンズタケ)、セップ(ポルチーニ)、ニンニク、カタバミ、ブラックベリー、エルダーフラワーなど、素晴らしい野生の食材が豊富にあって採集できる。私は、スコットランドにおびただしい数の種類がある野生のキノコをさがして、森で幸せな時間をたくさん過ごした。フライ・フィッシングが盛んな美しいディー川は、サーモンのいる河川としてはヨーロッパ随一といえる。この章ではサーモンを使う私の大好きなレシピを4つ紹介するが、どれもアフタヌーンティーにスコットランド高地の味をもたらしてくれるだろう。

ポッテッド・サーモン

これはサーモンの小さな切れ端を使い切るのにとてもよい方法だ。たくさんの新鮮なハーブ、レモンゼスト、粗挽きの黒コショウも使い、素朴な麦芽パンのトーストを添えて出せば、王にふさわしい食べ応えのあるアフタヌーンティーのごちそうになる。

- 皮をはいだサーモンの切り身 240g(小骨を取る)
- 海塩と粗挽きの黒コショウ
- レモン 1個(薄くスライスする)＋1個分の細かくおろしたゼストと果汁
- 新鮮なタイム 1本
- 新鮮なディル 2本(1本はそのまま、1本はみじん切り)
- オリーブ油 大さじ1
- バター 85g
- 新鮮なチャイブのみじん切り 大さじ1
- 新鮮なイタリアンパセリ 小さなもの4本
- 添えて出す麦芽パンのトースト(三角に切る)(右下にシェフの一口メモ)

[4人分]

❖オーブンを180℃に予熱する。

❖サーモンを小さなオーブン皿に入れる。塩をひとつまみふり、コショウを少し挽いて、味つけする。サーモンの上にレモンのスライスを広げ、その上にタイムと(切ってない)ディルをのせる。サーモンの上にオリーブ油をたらす。皿をアルミホイルでおおってオーブンに入れ、サーモンに火が通るまで約15分焼く。オーブンから出して、皿をおおったまま魚を完全に冷ます。

❖小さなソースパンにバターを入れて中火で溶かし、泡立ってきたら表面にできる白い泡をすべてすくい取って澄んだバターにする。小さな耐熱の透明容器に注ぎ入れ、おりを底に沈ませる。

❖サーモンが冷めたら、骨が残っていないか確かめながら、ほぐしてボウルに入れる。味見して、必要なら塩とコショウで味を整える。レモンゼスト、レモン果汁小さじ2杯、チャイブ、刻んだディルを加えてよく混ぜる。小さなラムカン(ココット皿)4個に均等に分け、表面が平らになるようにスプーンの背で押さえる。冷めた澄ましバターをすくってサーモンにかけるが、このときバターは均等に分け、沈殿物はかけずに残すこと。ラムカンの上に1本ずつパセリをのせる。冷蔵庫で少なくとも2時間冷やしてバターを固め、トーストを添えてテーブルに出す。

シェフの一口メモ

麦芽パンは、精白および全粒の小麦粉と、麦芽にした大麦と小麦を挽き割ったものから作る、英国の伝統的なパンである。発芽穀物のパンのように色が濃く風味のある腹持ちのよいパンなら、どれでも代用できる。

グラブラックスとクレーム・フレーシュをのせたミニ・オートケーキ

オートケーキはスコットランド人の主食といってもいいくらいの食べ物だ。この昔ながらの気取らないビスケットは、上にのせるものしだいで一日のいつでも出すことができる。このレシピでは、オートケーキのザクザクした食感が、風味豊かでなめらかなグラブラックス［北欧風塩漬けサーモン］とクレーム・フレーシュによっていっそう引き立てられている。しかし、この素朴なミニ・オートケーキは、農家自家製のバター、チーズ、ジャム、あるいは蜂の巣と食べても、同じくらいおいしい。オートケーキは伝統的に円形だが、ふちが波形の円形、正方形、さらにはハート形や星形など、どんな形にしてもよい。

オートケーキの材料

- ロールドオーツ 150g［オートミールの一種で、押しつぶしただだけのもの］
- オートブラン 50g
- 重曹 小さじ1/2
- 海塩 小さじ1/2
- 挽きたての黒コショウ（好みで）
- バター 大さじ2（溶かす）
- 粘り気の少ない蜂蜜 小さじ2
- 湯 90ml
- 小麦粉（打ち粉用）

トッピング用

- クレーム・フレーシュ 60g
- グラブラックス 115g
- 新鮮なディル ごく小さなもの36本

［トッピングしたオートケーキ36個分］

❖オートケーキを焼くため、オーブンを180℃に予熱する。天板2枚にクッキングシートかシリコンマットを敷く。

❖フードプロセッサーにオーツを100g入れ、細かなパン粉のようになるまで攪拌する。それを大きなボウルに移し、残っている50gのオーツ、オートブラン、重曹、塩を加え、コショウを少し挽いて入れ、混ぜる。真ん中にくぼみを作り、そこにバター、蜂蜜、湯60mlを加える。木べらを使って粉類を液体の材料の中へ混ぜ込み、粗い生地になるまで混ぜる。水分が少なすぎて成形できないときは必要なだけ湯を加え、ひとつの丸いかたまりにできるがべとべとしてない生地にする。手で生地をまとめる。

❖軽く粉をふった作業台の上で、めん棒で生地をのばして3ミリの厚さにする。形はどんなものでもいいので5センチの抜き型を使って、できるだけたくさんオートケーキを抜き、用意した天板に約2.5センチの間隔をあけて並べる。切れ端を集めて押し固め、再度めん棒でのばしてさらにオートケーキを抜き、天板に並べる。生地がすぐに乾くので、切れ端を押し固めるときに少し湯を加える必要があるかもしれない。36個できるはずだ。

❖焼き色がつくまで10〜15分焼く。天板ごとワイヤーラックの上で5分ほど冷ましたのち、オートケーキをラックへ移して完全に冷ます。

❖オートケーキの上にクレーム・フレーシュを少し、グラブラックスをひと巻き、ディルを1本ずつのせて、テーブルに出す。

シェフの一口メモ

手でなくフードプロセッサーで生地を作ることもできるが、オーツの食感が失われるし、攪拌しすぎるとオートケーキが硬くなる。

スモークサーモンとアスパラガスとクリームチーズのラップサンド

伝統的なスモークサーモンのティー・サンドイッチとは違って、うれしいことにこの小さなラップサンドは、あらかじめ作っておいて出す直前に切ってもよい。

- コーントルティーヤ 直径18センチのもの4枚
- クリームチーズ 60g
- スモークサーモン 200g(薄切りにする)
- レモン 1/2個
- 挽きたての黒コショウ
- アスパラガス 長いもの12本(根元の硬い部分を取り除き、さっとゆでる)
- ベビーリーフ ひとつかみ
- ディルの茎葉と(手に入れば)花(飾り用)

[24切れ分]

❖作業台の上にコーントルティーヤを広げる。クリームチーズをトルティーヤに塗り広げる。その上にスモークサーモンを均等にのせる。サーモンの上でレモン果汁を少ししぼり、コショウをふる。トルティーヤの真ん中にアスパラガスを3本ずつ寝かせて置き、その上にベビーリーフを少しのせる。トルティーヤを手前からきつく巻き上げたのち、両端を12ミリぐらい切り取る。これをそれぞれクッキングシートかラップフィルムで包んで、冷蔵庫で少なくとも30分、長くて4時間冷やす。

❖テーブルに出す前に、巻いたものを2.5センチの輪切りにする(1本につき6切れ)。皿に並べ、ディルの茎葉と(あれば)花で飾る。

青ネギとルビーチャードが入った
ホットスモークサーモンのタルトレット

風味豊かなエッグカスタードにくるまれた、ほろほろとやわらかいホットスモーク(熱燻製)サーモンが、パリパリしたフィロ[薄いパイ皮を重ねたもの]の器に入っている。このタルトレットは絶品だ。オーブンからそのままテーブルに出せば、とくに寒い冬の午後には、いつもすぐになくなってしまう。

- フィロシート(フィロ生地) 大6枚(凍っている場合はパッケージの指示に従って解凍する)
- 小麦粉(打ち粉用)
- バター 60g(溶かす)

フィリング用

- ホットスモークサーモンの切り身 250g
- ヘビークリームまたはシングルクリーム 180ml[ヘビークリームは脂肪分36%以上、シングルクリームは18%のクリーム]
- 放し飼い卵の卵黄 2個分
- 新鮮なチャイブのみじん切り 大さじ1
- 海塩と挽きたての黒コショウ
- 青ネギ 4本(白および緑の部分をごく薄く切る)
- レッドチャードのベビーリーフ ひとつかみ
- 仕上げにふるカイエンペッパー

[タルトレット12個分]

❖オーブンを180℃に予熱する。5センチの丸いタルトレット型を12個、天板の上に置く。

❖軽く粉をふった作業台にフィロシートを1枚広げ、ほかのシートは乾燥しないようにラップフィルムでおおっておく。刷毛でシート全体に軽くバターを塗る。その上に別のシートを1枚広げ、重ねたまま4枚の同じ正方形に切る。残りの4枚のフィロシートについてもこれを繰り返し、全部で12枚の正方形を作る。この正方形の生地を1枚ずつタルトレット型に敷き込み、底にしっかり押しつける。フィリングを準備する間、冷蔵庫で冷やす。

❖小さなボウルにサーモンをほぐしながら入れ、骨があったら取り除く。別の小さなボウルにクリームと卵黄を入れて泡立て器で混ぜ合わせたのち、チャイブを入れて混ぜ、海塩と黒コショウで味つけする。タルトレットの底にそれぞれ同量の青ネギを散らす。サーモン、次にレッドチャードの葉を、どちらも12等分して上にかぶせる。クリームと卵黄の液を、12等分してサーモンとチャードの上に注ぐ。その上に軽くカイエンペッパーをふる。

❖よく膨らんで焼き色がつくまで12〜15分焼く。すぐにテーブルに出す。

シェフの一口メモ

タルトレット型の代わりに12カップのミニマフィン型を使ってもよい。

The Castle of Mey
メイ城

クロフターの食べ物

❖片田舎にあるメイ城は、スコットランド北部沿岸のケースネス地方、ジョンオーグローツの村から西に約10キロのところに位置している。晴れていれば北にオークニー諸島が見える。以前はバロギル城と呼ばれていて、16世紀に建てられた。エリザベス皇太后が夫のジョージ6世の死後まもない1952年に購入したとき、ほとんど手入れされていない状態だった。皇太后はここを休暇を過ごす場所として使うために取得し、すぐに修復を命じたが、電気と水道を初めて引くなど、およそ2年を要する費用のかかる事業だった。現在、メイ城管理トラストの責任者はチャールズ皇太子であり、彼がこの城と周囲の地所の修復、整備、保存を続けている。ここはチャールズ皇太子の大好きな場所で、それはひとつには愛する祖母とつながりがあるからだが、美しくて孤立した場所だからという理由もある。

❖この章では、城の周辺の地区に住む地元のクロフター［とくにスコットランドの小農、小作人］たちが楽しんできたような、素朴なスコットランド伝統の食べ物を取り上げる。クロフティングとは、スコットランド高地とシェトランドやオークニー諸島のようなスコットランドの島々に特有の土地所有制度と小規模な食料生産をいう。この地方の厳しい気候、そして農業が難しい地形のせいで、過去何百年もクロフターの生活は苦しいものだった。この章に登場するスコットランド名物はどれも、畑で働いた長い一日の終わりに大きなマグのお茶とともに大いに楽しまれたものだ。

スコットランド高地の典型的な景色

スコッチ・パンケーキ

この伝統的なスコットランドのパンケーキは、熱した平鍋に生地を「落として」作るため、ドロップ・スコーンとも呼ばれる。スコットランドで人気のあるティータイムの食べ物で、王室の人たちにも楽しまれている。およそ60年前にアメリカのドワイト・アイゼンハワー大統領がスコットランドでエリザベス女王の歓待を受けたとき、女王の家伝のレシピで作られたスコッチ・パンケーキをふるまわれた。あとで大統領はタイプされたレシピを受け取り、現在それはアメリカの国立公文書館で保管されている。

- 薄力粉 225g
- 微細粒のグラニュー糖 50g
- ベーキングパウダー 小さじ2
- 塩 少々
- 放し飼い卵 2個
- 牛乳 卵と合わせて300mlになる量
- ピュア・バニラエキス 小さじ1
- フライパンに引く植物油
- 添えて出すバターと好みのジャムまたは蜂蜜

[小さなパンケーキ24枚分]

❖薄力粉、グラニュー糖、ベーキングパウダー、塩を合わせてボウルにふるい入れる。大きな計量カップに卵を割り入れて泡立て器でさっとかき混ぜ、合わせて300mlにするのに必要なだけの牛乳と、バニラを加える。粉類にくぼみを作り、そこに卵と牛乳の液を注ぎ入れる。泡立て器を使って、粉類をボウルの端から少しずつ液の中へ入れていく。なめらかでダマのない生地になるまで混ぜ続ける。そのまま室温で30分休ませる。

❖焦げつき防止加工がしてあるフライパンを中火にかけて熱し、小さじ1杯半の油を入れる。油が熱くなったら、十分間隔があくように注意しながら、パンケーキ1枚につき大さじ1杯の生地を落とす。表面に泡が立ち始めるまで約1分焼いたのち、ひっくり返して両面に焼き色がつくまでさらに約1分焼く。皿に移して保温しておく。必要に応じてフライパンに油を足しながら、残りの生地を同じようにして焼く。

❖温かいパンケーキにバターとジャムまたは蜂蜜を添えて、テーブルに出す。

バタリー

素朴で飾り気のない、フランスのクロワッサンのスコットランド版ともいえるバタリーは、スコットランド北東部の名物で、ここではどのパン屋にもある。この甘くないロールパンは、朝食として温かいものにバターとマーマレードをつけて食べるのがもっとも一般的である。しかし、ここで紹介するカクテルサイズ版は、しっかり食べる田舎のお茶に添えるのにぴったりだ。

- 強力粉 450g
- 塩 小さじ山盛り1
- ドライイースト 大さじ3
- グラニュー糖 小さじ1
- 湯(43〜46℃) 300ml
- バター 200g(室温に戻す)
- 添えて出す好みのバターとジャム

[小さなロールパン24個分]

❖強力粉と塩を合わせて大きなボウルにふるい入れる。小さなボウルにドライイースト、グラニュー糖、大さじ2杯の湯を入れて混ぜ合わせ、泡が出てくるまで2分ぐらい待つ。強力粉の真ん中にくぼみを作り、そこにイースト液、そして残りの湯を少し残して注ぎ入れる。木べらを使って、強力粉を少しずつくぼみに引き寄せて液と混ぜ、水分が少なすぎて生地がまとまらないときは残しておいた湯を加え、しっかりした生地にする。なめらかで均一な、弾力のある生地になるまで、5分ぐらい手でこねる。ボウルにぬれ布巾をかぶせ、生地が2倍の大きさになるまで約30分、暖かい場所でねかせる。

❖粉をふった作業台の上に生地を出し、なめらかで触るとかなり締まった感じになるまで、何分かこねる。めん棒でのばして厚さ9ミリ、約20×30センチの長方形にする。バターを切って小さなフレーク状にする。生地を縦長に置いて、上3分の2にバターの3分の1を均等にばらまく。生地の下3分の1を上へ折り、上3分の1を下へ折って、端をめん棒で押さえて閉じ、冷蔵庫で10分冷やす。これをもう2回繰り返すが、毎回生地を90度回してから、めん棒でのばす。最後にもう1回、バターを加えずに繰り返す。

❖生地をめん棒でのばして厚さ12ミリ、25×38センチの長方形にする。生地を、6センチの正方形24枚に切り分ける。対角線の両端にあたる2ヶ所を正方形の真ん中にもってきて、一緒に押さえる。成形したバタリーを、合わせ目のある側を下にして、大きな天板に約5センチの間隔をあけて置く。そのまま暖かいところで30分ねかせて膨らませる。オーブンを200℃に予熱する。

❖10分焼いたらひっくり返して、オーブンの温度を180℃に下げ、焼き色がついてパリッとしてくるまで、続けてもう10〜15分焼く。バタリーをワイヤーラックへ移して少し冷ましてから、バターとジャムを添えて出す。

ハイランダー

このバターたっぷりのショートブレッド・ビスケットは、スコットランド高地（つまりハイランド）で生まれたので、この名がついた。生地を丸太状にしてデメララシュガーの中で転がしてから切って焼くので、独特のガリガリしたふちになる。

- バター 115g（室温に戻す）
- 微細粒のグラニュー糖 50g
- ピュア・バニラエキス 小さじ1/2
- 薄力粉 170g
- 米粉か細かなポレンタ粉 大さじ3
- 生地にまぶすデメララシュガー
- 生地に塗る牛乳

［ビスケット約30個分］

- ボウルにバターと微細粒のグラニュー糖を入れ、ハンドミキサーを使って、ふんわりしたクリーム状になるまで中速でかき混ぜる。バニラを加えてよく混ぜる。薄力粉を加えて木べらで混ぜ、混ざったらすぐにやめる。
- 軽く粉をふった作業台の上に生地を出し、直径6センチぐらいの丸太状にする。平らな皿か天板にデメララシュガーを薄く広げる。円柱形の生地の側面すべてに刷毛で軽く牛乳を塗ったのち、デメララシュガーの中で転がしてむらなくつける。冷蔵庫で20分冷やす。
- 生地を冷やしている間に、オーブンを220℃に予熱する。天板2枚にクッキングシートかシリコンマットを敷く。
- 鋭い薄刃のナイフを使って、冷えた生地を約30枚の薄い輪切りにする。切ったものを、用意した天板に約2.5センチの間隔をあけて並べる。うっすら焼き色がつくまで15～20分焼く。天板ごとワイヤーラックの上で5分ほど冷ましたのち、ビスケットをラックへ移して完全に冷ます。ビスケットは密閉容器に入れて室温で最長4日間保存できる。

セルカーク・バノック

歴史のあるセルカークというスコットランドの町にちなんで名づけられた、イーストを使った風味豊かなこの小さなパンは、丸いコブローフに似た形をしており、ヴィクトリア女王が気に入ってお茶に添えていたことで知られている。伝統的に、ゴールデンレーズン(サルタナレーズン)をたくさん入れて、バターとラード半々で作る。このレシピでは、レーズンの代わりにドライクランベリーとピーカンナッツを使い、ミクストスパイスを少し加え、バターだけを使う。焼きたてを食べると素晴らしいが、このフルーツを散りばめたパンのスライスは1〜2日たってトーストしても同じくらいおいしい。

- 牛乳 200ml
- ドライイースト 大さじ3
- デメララシュガー 125g
- バター 115g(室温に戻す)
- 強力粉 500g
- ミクストスパイス 小さじ1(38ページにシェフの一口メモ)
- 塩 少々
- 無糖のドライクランベリー 100g
- ピーカンナッツ 50g(粗く刻む)

グレーズの材料

- 牛乳 大さじ2
- 微細粒のグラニュー糖 大さじ1

[パン2個分(12人分)]

❖小さなソースパンで牛乳を43〜46℃まで温める。小さなボウルにドライイースト、デメララシュガー小さじ1杯、温めた牛乳大さじ2杯を入れてかき混ぜ、泡が立ち始めるまで約2分そのままにする。イーストの発酵力を確認している間に、ソースパンの牛乳にバターを加え、弱火にかけてバターが溶けたら火からおろし、もとの温度まで冷ます。

❖大きなボウルに、強力粉、ミクストスパイス、塩を合わせてふるい入れる。粉の真ん中にくぼみを作り、そこにイースト液を入れ、牛乳とバターの液を少し残して加える。木べらを使って、少しずつ粉をくぼみに引き寄せて液と混ぜ、水分が少なすぎて生地がまとまらないときは残しておいた液を加えながら、かなりやわらかい生地にする。軽く粉をふった作業台の上に生地を出し、なめらかで弾力のある生地になるまで、少なくとも5分、手でこねる。生地をボウルに戻し、ボウルにぬれ布巾をかぶせて、生地が2倍の大きさになるまで約30分、暖かい場所でねかせる。

❖粉をふった作業台の上に生地を出す。手のひらで軽くたたいて大きな楕円形にし、残りのデメララシュガー、ドライクランベリー、ピーカンナッツを均等にばらまく。生地を折りたたみ、軽くこねて、まいたものが均等に散らばるようにする。生地を2等分し、それぞれ丸める。丸めたふたつの生地を天板にのせ、20〜30分暖かい場所でねかせて膨らませる。

❖その間にオーブンを220℃に予熱する。
❖鋭い薄刃のナイフを使って、生地の上に浅く十字の切れ目を入れる。15分焼いたらオーブンの温度を180℃に下げ、引き続き、こんがりと焼き色がついて底をたたくとうつろに響くようになるまで、20〜25分焼く。
❖焼いている間にグレーズを作る。牛乳を温めて熱くなったら火からおろし、グラニュー糖を入れて溶けるまでかき混ぜる。
❖焼き上がる5分ぐらい前にオーブンからバノックを出して刷毛でグレーズをたっぷり塗り、オーブンに戻して最後まで焼く。天板ごとワイヤーラックの上で5分ほど冷ましたのち、バノックをラックへ移してもう5分冷ましてから、スライスしてテーブルに出す。

Kew Palace
キュー宮殿

花のあるお茶会

❖テムズ川河畔のキュー王立植物園の敷地内にあるキュー宮殿は、王室の宮殿の中でもっとも小さい。成功したロンドンの絹商人、サミュエル・フォートリーのため、15世紀のアーチ形天井のある地下室の上に、流行の先端をいくマナーハウスとして1631年に建てられ、当初はダッチハウスと呼ばれていた。フランドル積みと呼ばれる方式で積まれた独特の赤レンガの建物で、レンガの長手と小口が交互に並んで感じのよい装飾的な模様を生み出している。建物の正面が切妻造りになっているためオランダの家のような外観を呈し、ドールハウスのようだと表現する人もいる。

❖1729年、国王ジョージ2世と王妃キャロラインが王族として最初にキュー宮殿に関心を持ち、上の3人の娘、アン、キャロライン、アメリアにとって理想的な住まいになると考えた。それ以降、ジョージ王朝の何世代もの王族が、この宮殿と近くのリッチモンド・ロッジを、ロンドン中心部での王族の生活につきものの面倒な事柄から週末に逃げ出す場所として使った。19世紀末にヴィクトリア女王が一般公開するよう命じ、約100年後に大規模な修復が始まった。2006年には、チャールズ皇太子がエリザベス女王の80歳の誕生日を祝ってこの宮殿で晩餐会を開催した。

❖この宮殿はあまり知られていないが、周囲のキュー王立植物園は世界的に有名で、生きた植物のコレクションの多様さでは世界のどの植物園にも負けない。キューの中には専門的な庭園も多数ある。とりわけ面白いのがキッチンガーデンで、チャールズ皇太子にとって非常に重要なテーマである食の持続可能性に関する研究が盛んに行われている。受け継がれてきた珍しいさまざまな種類の果物や野菜がここで栽培されており、そのいくつかはハイグローヴのキッチンガーデンでも育てられていた。見た目も味も信じられないほど素晴らしい収穫物が手に入るのは大きな喜びだった。今でも私は、摘んだばかりの果物や野菜や花の美しさから、さまざまな着想を得ている。とくにエディブルフラワーは、セイボリーディッシュ[甘くない軽い料理、塩味のパイやタルト、スコーンなど]の最高のつけ合わせになるし、ケーキやデザートの驚くほど美しいデコレーションになる。本章のテーマは、花のあるとても美しいアフタヌーンティーだ。

キュー王立植物園のテンペレート・ハウスは、
ヴィクトリア時代のガラス温室としては世界最大である。

バニラとジンジャーとバターミルクのミニ・ローフ

これは驚きのケーキ・レシピだ。誰もこれがグルテンフリーだとは思わないだろう。シンプルなレモングレーズだけで糖衣をかけずに「裸」で出されるこのケーキは、自ら語るので説明はいらない。ほどよくしっとりしていて、バニラ、ステムジンジャー、バターミルク、レモンの風味がうまく調和している。

ケーキの材料

- バター 225g（室温に戻す）
- 微細粒のグラニュー糖 225g
- 放し飼い卵 4個
- アーモンドパウダー 140g
- グルテンフリーの粉のブレンド（中力粉）125g
- グルテンフリーのベーキングパウダー 小さじ1
- 塩 少々
- キサンタンガム 小さじ1/2
- バターミルク 大さじ3
- ピュア・バニラエキス 小さじ1
- シロップ漬けのステムジンジャー 4個（細かくおろす）
- ステムジンジャーのシロップ 大さじ1

グレーズの材料

- 粉糖 125g
- しぼりたてのレモン果汁 60ml
- 水 大さじ1
- 細かくおろしたレモンゼスト 1個分

デコレーション用

- 小さなエディブルフラワー
- 仕上げにふる粉糖

［ミニ・ローフ12個分］

❖ケーキを焼くため、オーブンを180℃に予熱する。8×4.5センチのミニローフ型12個にクッキングシートを敷き、大きな天板にのせる。

❖大きなボウルにバターと微細粒のグラニュー糖を入れ、木べらでふんわりしたクリーム状になるまで混ぜる。卵を1度に1個ずつ加え、その都度よくかき混ぜる。分離するようなら、少量の中力粉を加えて泡立て器で混ぜる。アーモンドパウダー、（残りの）粉、ベーキングパウダー、塩、キサンタンガムを加えて、ゴムべらで静かに混ぜ込み、十分になじんだらすぐにやめる。最後にバターミルク、バニラ、すりおろしたジンジャー、ジンジャーシロップを入れてむらがなくなるまで混ぜる。

❖用意した型に生地を均等に分けて入れる。表面に焼き色がついて触ると弾力が感じられるようになるまで、15〜18分焼く。型ごとワイヤーラックの上であら熱を取ったのち、ひっくり返してローフをラックの上へ出し、上下を戻す。このラックを天板の上に置く。

❖焼いている間にグレーズを作る。小さな鍋に粉糖、レモン果汁、水を入れ、中火にかけて、なめらかでかなり流れやすい半透明のアイシングができるまで、かき混ぜながら加熱する。火からおろし、レモンゼストを入れて混ぜる。

❖ローフがまだ温かいうちにそれぞれ上面と側面に刷毛でグレーズを塗り、完全に冷ます。テーブルに出す直前に、ローフの上に花をのせ、ごく軽く粉糖をふる。

冷たいライム・タルトレット

このさわやかなライム・タルトレットは、あっというまにできる。屋外で行われる夏のアフタヌーンティーにぴったりだ。

- 型に塗る植物油(ライトタイプ)

台の材料

- ショートブレッド・ビスケット 140g
- バター 70g(溶かしてから冷ます)

フィリングの材料

- ヘビークリーム 150ml
- コンデンスミルク(加糖練乳) 1缶(397g)
- ライム 3個

デコレーション用

- イチゴ 小8個(できれば野イチゴ)
- 新鮮なミント 小8本
- カモミールの花など小さな食べられる季節の花

[タルトレット8個分]

❖大きな天板にラップフィルムかシリコンマットを敷く。7.5センチのハート形または6センチの円形の枠(セルクル)8個の内側に油を塗り、用意した天板の上に置く。

❖台を作るため、フードプロセッサーにショートブレッド・ビスケットを入れて、パルス運転(断続運転)をして細かく砕く。バターを加え、少しだけ攪拌して均一に湿らせる。用意した枠の中に均等に分けて入れ、スプーンの背で押さえる。冷蔵庫に入れて冷やし、その間にフィリングを作る。

❖ボウルにヘビークリームを入れ、ハンドミキサーを使って、もったりするまで低速でかき混ぜる。スプーンを使って、コンデンスミルクをクリームに静かに混ぜ込む。直接クリームの中へライムを細かくおろし、ライムをしぼって、果汁とゼストをクリームへ混ぜ込む。とろみが出てくるので、フィリングをすくって枠の中に均等に分けて入れ、表面を平らにする。冷蔵庫で2時間冷やして、フィリングを固める。

❖注意してタルトレットのまわりから枠をはずし、タルトレットを1個ずつ皿にのせる。イチゴ、ミント、花で飾って、冷たいうちにテーブルに出す。

シェフの一口メモ

ショートブレッド・ビスケットの代わりにグラハムクラッカー[グラハム粉(粗挽きの全粒粉)と小麦粉を用いて作るクラッカー]、ライムの代わりにレモンを使ってもよい。

「花束」ビスケット

花の形をしたこのおいしいビスケットは、花をテーマにしたアフタヌーンティーでテーブルの中央を飾るかわいい一品になる。水差しか瓶に挿し、ローズマリー、ミント、セージ、あるいはタイムを数本といったように、何か新鮮な青葉を添えてもよい。ビスケット生地にゴールデンシロップ(または蜂蜜)が入っており、そのおかげで焼く前に木串を挿しても生地が崩れないくらいしなやかになる。ビスケットのデコレーションは、さまざまな鮮やかな色のアイシングとスプリンクルやキラキラするものがたくさんあるときはとくに、子どもたちが大喜びでしてくれるだろう。

- 微細粒のグラニュー糖 85g
- バター 85g(室温に戻す)
- ゴールデンシロップ 85g
- 放し飼い卵の卵黄 1個分
- ピュア・バニラエキス 小さじ1
- 薄力粉 300g
- ベーキングパウダー 小さじ1/2
- 長く細い木串

デコレーション用

- 市販の色つきアイシング(好みのもの)
- スプリンクル(好みのもの)

[ビスケット36個分]

- 大きなボウルにグラニュー糖、バター、ゴールデンシロップ、卵黄、バニラを入れ、ハンドミキサーを使って、よく混ざりバターのかたまりがなくなるまで、約3分低速でかき混ぜる。薄力粉とベーキングパウダーを合わせて直接このボウルにふるい入れる。粉が十分になじみ、生地がまとまってボウルの側面から離れるまで、続けてかき混ぜる。生地を丸くまとめ、つぶして円盤状にしたら、ラップフィルムで包んで冷蔵庫で20分冷やす。
- 天板2枚にクッキングシートかシリコンマットを敷く。軽く粉をふった作業台の上に生地を出し、めん棒でのばして6ミリの厚さにする。7.5センチの丸か花形の抜き型を使ってできるだけたくさんビスケットを抜き、用意した天板へ移す。ビスケットに細い木串を1本ずつ注意しながら挿し込んで中心まで押し込み、花の「茎」を作る。串があることと焼いている間に少し大きくなることを考慮に入れ、間隔を十分あけて「花」を天板の上に並べる。生地の切れ端を集めて押し固め、再度めん棒でのばし、さらにビスケットを抜いて天板に並べる。冷蔵庫で20分冷やす。その間にオーブンを150°Cに予熱する。
- ビスケットに焼き色がつくまで15～18分焼くが、途中で天板を回して前後を入れ替える。天板ごとワイヤーラックの上で10分冷ましたのち、ビスケットをラックへ移して完全に冷ます。
- 冷めたビスケットに、アイシングとスプリンクルで好きなようにデコレーションする。

シェフの一口メモ

この「花」のビスケットを何本かリボンで束ね、環境にやさしいセロファンで包めば、かわいいプレゼントになる。

バラとホワイトチョコレートのカップケーキ

アフタヌーンティーにちょうどよい大きさの、このかわいい小さなカップケーキは、テーブルにいろいろなものが並んでいてどれも少しずつ味見してみたいときにとくに喜ばれる。白いバタークリームはバニラ風味で、ピンクのにはローズウォーターが少し入っている。

カップケーキの材料

- バター 170g（室温に戻す）
- 微細粒のグラニュー糖 175g
- ピュア・バニラエキス 小さじ1/2
- 放し飼い卵 3個
- 薄力粉 175g
- ベーキングパウダー 小さじ1/2
- ピンクの天然食品着色料 数滴

バタークリームの材料

- ホワイトチョコレート 100g（刻む）
- バター 100g（室温に戻す）
- 粉糖 100g（ふるう）
- ピュア・バニラエキス 小さじ1/2
- ローズウォーター 数滴
- ピンクの天然食品着色料 数滴

デコレーション用

- 小さなバラかバラの花びら

［ミニのカップケーキ24個または大きなカップケーキ12個分］

❖カップケーキを焼くため、オーブンを180℃に予熱する。ミニマフィン型24個か標準的なマフィン型12個にペーパーライナー（紙製ケース）を敷く。

❖大きなボウルにバターとグラニュー糖を入れ、ハンドミキサーを使って、ふんわりしたクリーム状になるまで中速でかき混ぜる。バニラを入れてかき混ぜたのち、卵を1個ずつ加えてその都度よくかき混ぜる。薄力粉とベーキングパウダーを合わせて直接このボウルにふるい入れる。低速で混ぜ、なじんだらやめる。食品着色料を1〜2滴から始めてちょうどほのかなピンク色になるだけ入れて混ぜる。

❖用意した型に生地を均等に分けて入れる。触ると弾力があり、中心に竹串を刺して抜いたときに何もついてこなくなるまで、ミニのカップケーキの場合は10〜12分、大きなものの場合は18〜20分焼く。型ごとワイヤーラックの上であら熱を取ったのち、カップケーキをラックへ移して完全に冷ます。

❖カップケーキを焼いている間にバタークリームを作る。ホワイトチョコレートを小さな耐熱ボウルに入れ、かろうじて沸いている熱湯が入ったソースパンの上に（ボウルの底が湯につかないように）重ね、ときどきかき混ぜながら、チョコレートが溶けてなめらかになるまで温める。ボウルをはずして、完全に冷ます。

❖ボウルにバターを入れ、ハンドミキサーを使って、クリーム状になるまで低速でかき混ぜる。粉糖を加え、ふんわり軽いクリーム状になるまで混ぜ続ける。ミキサーを止めずに溶けたチョコレートを少しずつ注ぎ入れ、チョコレートがすべて入り、よく混ざるまで、かき混ぜ続ける。

❖バタークリームを2等分して、小さなボウル2個に入れる。一方のボウルにバニラを入れて混ぜる。もうひとつのボウルにローズウォーター、そして食品着色料を加えるが、どちらもまず1～2滴入れてから、ちょうど心地よいバラの香りやきれいなピンク色になるだけの量を追加すること。2種類のバタークリームをそれぞれ9ミリの星口金をつけた絞り出し袋に入れる。
❖カップケーキが完全に冷めたら、上にバタークリームを渦を巻くように絞り出し、小さなバラをひとつかバラの花びらを数枚飾る。

シェフの一口メモ

ローズウォーターは、多すぎるとバタークリームが石鹸のような味になるので、控えめに使うこと。

Windsor Castle
ウィンザー城

特別な結婚式のアフタヌーンティー

❖ウィンザー城は、テムズ川を見下ろす白亜の崖の上に気高く堂々と建っている。人が住んでいる城としては世界最大で、ヨーロッパでもっとも長く居住されている城だ。1070年にウィリアム征服王が防御のためロンドンを円形に囲むように砦を建設し始めたのがウィンザー城の始まりである。そして、何百年もかけて今日のような見事な城に変えられた。女王は、ロンドンを中心に活動しているときの週末はウィンザー城へ脱出する。そうすればウィンザーのグレート・パークとホーム・パークで乗馬をはじめとする野外の娯楽を楽しむことができる。

❖私はこの城が途方もなく広いことを証言できる。ここで働き始めた頃、何度も方向が分からなくなったのだ。あるとき完全に迷ってしまい、ドアを開けるとそこは美しい応接室で、優しい声で「迷子になったの？　あなた」と尋ねられた。なんとそれは女王の妹のマーガレット王女だった！　彼女は、どちらへ行けばいいか私に教えて、送り出してくれた。

❖晩餐会と公式行事は大半がバッキンガム宮殿で開催されるが、ウィンザーで開かれることもある。幸運にも私はウィンザーで開かれたいくつかの素晴らしい行事にかかわったが、こんな立派な場所で豪華な料理を作るプレッシャーはとても大きい。ウィンザーで開かれたクリスマスのダンスパーティーに客として出席したこともあり、それはほんとうにおとぎ話から抜け出てきたような夜だった。

❖ウィンザー城のセント・ジョージ礼拝堂は、王室の結婚式が挙げられる場所として知られている。1863年という遠い昔から、ここで17組のロイヤルカップルが結婚し、この30年で6回、この礼拝堂で結婚式が執り行われた。2005年にチャールズ皇太子とカミラ夫人、最近ではヘンリー王子とメーガン妃がここで結婚した。ロイヤルウェディングのメニューをすべて見返してみると、それぞれ時代の変化を反映していることが分かってたいへん面白い。チャールズ皇太子は、食べ物の来歴についての多くの英国人の考え方に大きな影響を与えた。長年の間に結婚披露宴の食事は大幅に簡素化され、最近では地元で調達できる旬の有機農産物を使うことが重視されている。

❖ この章のレシピはすべて、チャールズ皇太子とヘンリー王子の結婚披露宴のメニューから思いついたものだ。シュガークラフトでおおって飾り立てた従来のウェディングケーキに取って代わった、生花を飾った略式だが上品なウェディングケーキから始めて、ふるまわれた料理のシンプルさを再現している。

レモンとエルダーフラワーのケーキ

ヘンリー王子とメーガン妃はレモンとエルダーフラワーのケーキをウェディングケーキにしたが、これを作るのに誰かの結婚式まで待つ必要はない。エルダーフラワーのシロップをかけたレモン味の軽いスポンジの間に、レモンカードと酸味のきいたレモンバタークリームが入っている。段重ねのケーキにしたくなかったら、同じサイズのケーキ型を2個か3個使って普通のレイヤーケーキを作ってもよい。

ケーキの材料

- バター 450g(室温に戻す)＋ケーキ型に塗る分
- 微細粒のグラニュー糖 500g
- 放し飼い卵 10個
- レモン 3個
- 薄力粉 455g
- ベーキングパウダー 小さじ5
- プレーンタイプのギリシャヨーグルト 75g

シロップの材料

- エルダーフラワーのコーディアル 60ml
- しぼりたてのレモン果汁 大さじ1
- 微細粒のグラニュー糖 大さじ3

バタークリームの材料

- バター 80g(室温に戻す)
- 粉糖 200g(ふるう)
- クリームチーズ 大さじ3(室温に戻す)
- 細かくおろしたレモンゼスト 1個分
- しぼりたてのレモン果汁 大さじ1
- 黄色の天然食品着色料 数滴

フィリングとデコレーション用

- レモンカード 220g
- エルダーフラワーか、ほかの黄色かクリーム色か白の食べられる生花
- 新鮮なタイム 長いもの16本

[18人分]

❖ケーキを焼くため、オーブンを180℃に予熱する。高さが10センチで直径がそれぞれ23、15、7.5センチの丸いケーキ型3個の側面にバターを塗り、底にクッキングシートを敷く。

❖大きなボウルにバターと微細粒のグラニュー糖を入れ、ハンドミキサーを使って、ふんわりしたクリーム状になるまで中速でかき混ぜる。中ぐらいのボウルに卵を割り入れ、泡立て器で軽く混ぜる。バターに卵を少しずつ加えながら、よく混ざるまで中速でかき混ぜる。分離するようなら、少量の薄力粉を入れてかき混ぜる。直接これにレモン3個のゼストをすりおろす。次にレモン2個の果汁をしぼって加え、ゼストと果汁がなじむまで中速でかき混ぜる。(残りの)薄力粉とベーキングパウダーを合わせて直接このボウルにふるい入れる。大きなスプーンかゴムべらで混ぜ、十分なじんだらヨーグルトを入れてよく混ぜる。

❖用意したケーキ型に生地を分けて、それぞれふちから2.5センチ以内のところまで入れる。どの型についても、パレットナイフで生地の表面をならし、オーブンから出したときに上が平らになるように真ん中を少しくぼませる。

❖表面に焼き色がついて触ると弾力があり、中心に竹串を刺して抜いたときに何もついてこなくなるまで、いちばん大きなものは30〜35分、次は20〜25分、小さなものは10〜12分焼く。型ごとワイヤーラックの上で5分ほど冷ましたのち、ラックの上へひっくり返して型をはずし、スポンジの上下を戻す。

❖スポンジを焼き終わったらすぐにシロップを作る。小さなソースパンにエルダーフラワーのコーディアル［エルダーフラワーを漬け込んだシロップ］、レモン果汁、微細粒のグラニュー糖を入れて中火にかける。かき混ぜながら静かに沸騰させてグラニュー糖を溶かし、火からおろしてあら熱を取る。

❖スポンジを型から出したら、刷毛で温かいシロップを温かいスポンジの上面と側面に塗り、完全に冷ます。

❖バタークリームを作るため、ボウルにバターを入れ、ハンドミキサーを使って、かなり白っぽいふんわりしたクリーム状になるまで高速でかき混ぜる。粉糖を加えて溶け込むまで混ぜたのち、クリームチーズを加えてなじむまでかき混ぜる。最後にレモンのゼストと果汁、そしてちょうど淡いレモンイエローになるだけの食品着色料を加える。バタークリームがとてもなめらかで軽く、一様な色合いになるまで、高速でかき混ぜる。

❖ケーキを組み立ててデコレーションをするため、長い鋸刃のナイフを使って、スポンジをそれぞれ水平方向に半分に切る。いちばん大きなスポンジの下半分を、切った側を上にして盛り皿にのせる。まずバタークリームをたっぷり、次にレモンカードを、どちらも端まで塗り広げる。その上に、切ったスポンジの残り半分を切った側を下にしてのせ、上面と側面をバタークリームでおおう。中および小のスポンジについても同じようにはさんだり塗ったりして、大きなスポンジの中央に、だんだん小さくなるように重ねていく。ケーキを好みの花とタイムで飾る。

コーヒーと
ヘーゼルナッツのマカロン

時代を超えて、さまざまな風味と色のマカロンがロイヤルウェディングのメニューに登場してきた。ここで紹介するマカロンは、オーソドックスなフランスのマカロンより大きく素朴で、ずっと簡単に作れる。外側のサクッとした薄い皮、ほどよい粘り気のある中心部、そしてチョコレートガナッシュが贅沢にはさんである。

マカロンの材料

- 皮なしヘーゼルナッツ 115g(こんがり焼く)
- 微細粒のグラニュー糖 200g
- コーンスターチ 大さじ1
- 深煎りのインスタントコーヒーパウダー 大さじ1
- 放し飼い卵の卵白 2個分
- ピュア・バニラエキス 小さじ1

チョコレートガナッシュの材料

- ビタースイートチョコレート 115g(細かく刻む)
- ヘビークリーム 120ml
- ピュア・バニラエキス 小さじ1

- 仕上げにふる粉糖

[マカロン15個分]

❖マカロンを焼くため、オーブンを180℃に予熱する。天板2枚にクッキングシートかシリコンマットを敷く。

❖フードプロセッサーにヘーゼルナッツ、グラニュー糖の半分、コーンスターチ、コーヒーパウダーを入れ、ナッツが細かくなるまで攪拌する。ボウルに卵白を入れ、ハンドミキサーを使って、ピンと角が立つまで中速で泡立てる。残りのグラニュー糖を少しずつ加え、加えるたびに中速でよくかき混ぜる。もったりしたつやのあるメレンゲになるまで、高速でかき混ぜ続ける。先ほど混ぜ合わせたナッツと粉類、そしてバニラを、泡立てた卵白にスプーンを使って静かに混ぜ込み、一様に散らばったらすぐにやめる。

❖12ミリの丸口金をつけた絞り出し袋に生地を入れる。用意した天板の上に、約2.5センチの間隔をあけながら、直径4センチ大に丸く30個絞り出す。焼き色がつくまで15～20分焼く。天板ごとワイヤーラックの上で5分ほど冷ましたのち、マカロンをラックへ移して完全に冷ます。

❖チョコレートガナッシュを作るため、チョコレートを耐熱ボウルに入れる。小さなソースパンにクリームを入れて中火にかけ、沸騰させる。火からおろして、クリームをビタースイートチョコレートにかけ、チョコレートが溶けるまでかき混ぜる。そのまま放置して完全に冷ましたのち、なめらかになるまでゴムべらでかき混ぜる。

❖半数のマカロンを裏返して作業台に置く。12ミリの丸口金をつけた絞り出し袋にガナッシュを入れ、裏返したマカロンの中央に12ミリ大の点をひとつ、そしてふちにそってぐるりとひと筋ガナッシュを絞り出す。残しておいたマカロンを1枚ずつ(裏返さずに)のせ、そっと押さえてくっつける。

❖マカロンの上に軽く粉糖をふってから、テーブルに出す。

ルバーブとホワイトチョコレートのタルトレット

このレシピでは、きつね色に焼いた薄くてパリパリのフィロの器に、ホワイトチョコレートとバニラを使ったとろりとしたムースを詰め、上に酸っぱいルバーブをのせる。砕ける食感とクリーミーさと酸味の見事なマリアージュだ。ヘンリー王子とメーガン妃の結婚披露宴でルバーブのタルトレットがふるまわれ、王子の子ども時代のちょっとしたことやハイグローヴで栽培されていた素晴らしいルバーブのことが思い出された。

- ルバーブの葉柄 4本
- 水 大さじ3
- 微細粒のグラニュー糖 50g
- 小麦粉（打ち粉用）
- フィロシート（フィロ生地）大4枚（凍っている場合はパッケージの指示に従って解凍する）
- バター 大さじ3（溶かす）

ムースの材料

- ホワイトチョコレート 300g（刻む）
- プレーンタイプのギリシャヨーグルト 250g
- ピュア・バニラエキス 小さじ1

デコレーション用

- ラズベリー 12個
- 小さな白いエディブルフラワー（たとえばカモミール）12個

［タルトレット12個分］

- オーブンを180℃に予熱する。天板の上に、ひだ飾りのついた7.5センチの丸いタルトレット型12個か、12カップの標準的なマフィン型を置く。
- ルバーブの葉柄の両端を切り取る。繊維が多いようなら皮をむく（旬のルバーブは通常やわらかいので皮をむく必要はない）。葉柄を2.5センチの斜め切りにする。切ったものはひし形になる。それを、重ねずに全部置けるちょうどいい大きさのオーブン皿に移す。皿に水を加え、ルバーブにグラニュー糖をふりかける。皿をアルミホイルでおおう。
- ルバーブを、フォークで楽に刺せるやわらかさになるまで、15分ぐらい焼く。オーブンから出してアルミホイルを取り、完全に冷ます。
- タルトレットの器部分を作るため、軽く粉をふった作業台にフィロシートを1枚広げ、ほかのシートは乾燥しないようにラップフィルムでおおっておく。シート全体に刷毛で軽くバターを塗る。その上に別のシートを1枚重ね、上のシートに刷毛で軽くバターを塗る。重ねたシートを13センチの正方形6枚に切る。それをタルトレット型6個に1枚ずつ敷き込んで、しっかり底に押しつける。生地が型のふちより上に出ないように、必要なら端を切り取る。残りの2枚のフィロシートについても同様にして、残っている6個のタルトレット型に敷き込む。
- 焼き色がつくまで10〜12分焼く。型ごとワイヤーラックの上で完全に冷ましたのち、注意して型から出す。

❖ムースを作るため、ホワイトチョコレートを中ぐらいの耐熱ボウルに入れ、かろうじて沸いている熱湯が入ったソースパンの上に(ボウルの底が湯につかないように)重ね、ときどきかき混ぜながら、チョコレートが溶けてなめらかになるまで温める(電子レンジで温めてもよい)。ボウルをはずして冷ます。泡立て器を使って、少しずつヨーグルトをチョコレートに混ぜ入れる。最初は分離するかもしれないが、続けてヨーグルトを加えていくとなめらかでもったりしてくる。バニラを入れて混ぜる。

❖フィロで作った器にムースを均等に分けて入れる。ルバーブの水けをよく切って上に並べ、最後にラズベリーと花をのせる。長くおくとフィロがやわらかくなるので、2時間以内にテーブルに出す。

ミニ・コーニッシュ・パスティ

これがチャールズ皇太子とカミラ夫人の結婚披露宴のメニューに選ばれたのは当然だ。コーンウォールを象徴する食べ物なのだから（それはクロテッドクリームだと主張する人がいるかもしれないが）。地元でオギーと呼ばれているパスティは、もともとは鉱夫のための「パックされたランチ」として作られた。ときには一方の端に肉、もう一方の端にリンゴが入っていることもあった。つまり、ひとつにメインディッシュとデザートがみな入っているのだ！　鉱夫たちは、指についた錫や銅の埃で中毒にならないように、食べているときにパスティを持つ厚くて広い皮の端の部分を投げ捨てた。伝統的にコーニッシュ・パスティは、牛肉、タマネギ、ジャガイモ、ルタバガをシンプルなショートクラスト・ペイストリー（練り込みパイ生地）で包んで作られる。このミニ・パスティには新ジャガイモ、青ネギ、チーズ、たくさんの新鮮なハーブが詰められており、お祝いのアフタヌーンティーのテーブルにぴったりの温かな一品だ。

- バター 大さじ1（室温に戻す）
- オリーブ油 大さじ1
- 小口切りにした青ネギ 100g（白および緑の部分）
- 皮をむいて細かな角切りにしたニンジン 100g
- 細かな角切りにした新ジャガイモ 100g
- 新鮮なタイム 2本
- 塩と挽きたての黒コショウ
- 既製品のショートクラスト・ペイストリー 680g
- 小麦粉（打ち粉用）
- コーニッシュ・ヤーグ［イラクサの葉で包んで熟成させるコーンウォール産のチーズ］またはシャープ（熟成）チェダーチーズ 100g（細かな角切りにする）
- 新鮮なイタリアンパセリのみじん切り 大さじ1
- 新鮮なマジョラムのみじん切り 小さじ1
- 放し飼い卵 1個（溶きほぐす、つや出し用）

［パスティ12個分］

❖オーブンを180℃に予熱する。大きな天板を1枚用意する。

❖厚手のソースパンにバターと油を入れ、中火でバターを溶かす。青ネギ、ニンジン、新ジャガイモ、タイムを加え、塩とコショウで軽く味つけする。蓋をし、何分か加熱して野菜をやわらかくする。ボウルに移して完全に冷ましたら、タイムを取り除く。

❖軽く粉をふった作業台の上で、パイ生地をめん棒でのばして約3ミリの厚さにする。13センチの丸い抜き型で、できるだけたくさん抜く（この大きさの抜き型がない場合は、受け皿かボウルを裏返して置き、それにそって丸く切り出す）。生地の切れ端を集めて押し固め、再度めん棒でのばして、12枚になるまでさらに抜く。

❖冷ました野菜にチーズ、イタリアンパセリ、マジョラムを加えて混ぜる。それを大さじ約1杯ずつ、丸い生地の中央にのせる。生地のふちに刷毛で軽く水を塗り、半分に折って、ひだ模様がパスティの上に長く伸びるように、指でふちをつまんでひだをつけながら口を閉じる。パスティを天板に移し、刷毛でつや出しの卵を塗る。

❖焼き色がつくまで15～18分焼く。温かいうちにテーブルに出す。

アスパラガスのチャイブ・クリームチーズ入りプロシュット巻き

イングランドにおけるアスパラガスの旬は、伝統的にゲオルギオスの日（4月23日）から聖ヨハネの前夜祭（夏至すなわち6月21日頃）までである。ヘンリー王子とメーガン妃の結婚披露宴で、イングランドのアスパラガスをイングランド北西部の名物であるカンブリアの生ハムで包んだものが出されたのは、意外なことではない。英国のアスパラガスに勝るものはなく、ロイヤルファミリーの大のお気に入りだ。このレシピでは、カンブリアのハムの代わりにプロシュット（パルマハム）でアスパラガスを小ぎれいに巻き、隠されたチャイブ・クリームチーズがおいしいサプライズになっている。

- アスパラガス 小36本
- クリームチーズ 90g（室温に戻す）
- 新鮮なチャイブのみじん切り 小さじ1
- パプリカ 少々
- プロシュットの薄切り 6枚
- 新鮮なチャイブの葉と花（飾り用）

［12束分］

- アスパラガスの根元の少し硬い木質の部分を切り取る。次に、野菜用ピーラーを使って根元の皮を5センチぐらいむく。
- 大きなボウルに氷水を用意する。ソースパンに塩水をたっぷり入れて沸騰させ、アスパラガスを入れる。太さによって違うが1～2分ゆで、やわらかくなったらすぐに湯を切って氷水につける。水を切り、ペーパータオルで軽く押さえて水けを取る。
- 小さなボウルにクリームチーズ、チャイブ、パプリカを入れて混ぜ合わせる。プロシュットの薄切りを横に半分に切り、それを長く折って約4センチの幅にする。折ったハムに、チャイブを混ぜたクリームチーズを小さじ1杯半ずつ塗り広げたのち、アスパラガスを3本まとめ、小さな束がばらばらにならないように、チーズを塗った側を中にしてハムを巻きつける。残りのアスパラガス、プロシュット、チーズについても同様にして、全部で12束作る。
- 大皿に並べ、チャイブの葉と花で飾って、すぐにテーブルに出す。

Caernarfon Castle
カーナーヴォン城

伝統的なウェールズのアフタヌーンティー

❖中世建築のとりわけ見事な例として広く知られるカーナーヴォン城は、ウェールズ北西部のグウィネズ州、セイオント川のほとりにある。11世紀後半の築城に始まるこの城は、1280年代にエドワード1世がこの場所に現在のような石造りの建物を建てるよう命じるまでは、モット・アンド・ベイリー式の城だった［ノルマン人の城には、モットと呼ばれる小山と、柵や壁に囲まれたベイリーと呼ばれる区域があった］。カーナーヴォン城がプリンス・オブ・ウェールズの叙位式に使われたのは、1911年のエドワード王太子（のちのエドワード8世）のときが最初で、チャールズ皇太子が叙位された1969年に再び使われた。チャールズ皇太子は、伝統的に英国君主の長男に与えられるこの称号を1958年に特許状により与えられたが、正式の叙位式は10年以上のちまで行われなかった。彼は現在、もっとも長く在位しているこの称号の持ち主である。将来、チャールズ皇太子が王位につくときには、おそらくウィリアム王子がここで次のプリンス・オブ・ウェールズに叙位されるだろう。

❖チャールズ皇太子の叙位の儀式がすむと王族と客たちは王室のヨット「ブリタニア号」へ戻り、そこにはシェフたちが、この行事にふさわしい、最高のウェールズの伝統料理が並ぶ素晴らしい食事を用意していた。本章のレシピでも、よく知られている人気のあるウェールズの料理と材料をいくつか紹介する。

❖プリンス・オブ・ウェールズとして、チャールズ皇太子は定期的にウェールズを訪れている。私は何度も同行し、非常に古い城での料理という難しいがやりがいのある仕事を楽しんだ。私たちは、カーナーヴォン城から車でおよそ2時間のところにある13世紀に建てられたポウィス城に滞在した。

洋上の王室のヨット「ブリタニア号」

シナモンとブルーベリーを使った小さなウェルシュ・ケーキ

伝統的にウェルシュ・ケーキは、鉄板で焼き、小麦粉、砂糖、カランツ、ラード、ナツメグで作る。パンケーキとスコーンを合わせたような食感だ。このレシピでは、カランツの代わりにドライブルーベリー、ナツメグの代わりにシナモンを使う。焼きたてのケーキは、外側はほろほろと砕け、中はやわらかくなめらかで、シナモンのよい香りがする。あとは農家自家製のバターが少しあればいいが、もしかしたら追加でかけるシナモンシュガーか、ちょっとたらす蜂蜜がいるかもしれない。冬のアフタヌーンティーに出すおいしくて温かい一品になり、1個では足らないだろう。

- 薄力粉 225g
- 微細粒のグラニュー糖 75g
- ベーキングパウダー 小さじ1/2
- シナモン 小さじ1/2
- バター 100g(小さな角切りにする)＋鉄板に塗る分と添えて出す分
- ドライブルーベリー 50g
- 放し飼い卵 1個(溶きほぐす)
- ピュア・バニラエキス 小さじ1
- 牛乳 少々(必要なら)

[ケーキ15個分]

- 薄力粉、グラニュー糖、ベーキングパウダー、シナモン、塩を合わせてボウルにふるい入れる。バターを加え、指先でバターと粉を細かなパン粉のようになるまですり合わせる。ドライブルーベリーを加え、なじむまで指先で混ぜる。卵とバニラを加え、やわらかな生地になるまでゴムべらで混ぜるが、このとき必要なら牛乳を加える。生地はショートクラスト・ペイストリー(練り込みパイ生地)より少しやわらかいくらいがよい。
- 軽く粉をふった作業台に生地を移す。指で軽く押して、約12ミリの厚さの円形にする。5センチの丸い抜き型で、できるだけたくさん抜く。切れ端を集めて押し固め、再度押し広げ、さらに抜く。15枚できるはずだ。
- 鉄板か大きな厚手のフライパンを中火にかけて熱し、バターをひとかたまり入れる。バターが溶けたら、くっついたりしないちょうどよい数の生地を入れて、下側にこんがりと焼き色がつくまで約3分焼く。ひっくり返して、十分に膨らんで下側に焼き色がつき側面が乾いてくるまで、もう3分ぐらい焼き続ける。皿に移し、保温する。必要に応じて鉄板またはフライパンにバターを足しながら、残りの丸い生地も同じようにして焼く。
- この小さなケーキは、焼きたてのまだ温かいものにバターを添えて出すのがいちばんよい。

ウェルシュ・ラビット

この料理はふつう昼食か軽い夕食に食べられるが、とくに寒くてどんより曇った午後のお茶に小さなウェルシュ・ラビットを出していけない理由はない。ウェールズで生まれたという確たる証拠はないが、少なくとも肩書だけはウェールズ料理で、とても人気がある。マスタードのピリッとした辛味とビールのモルティーな味わいがアクセントとなって、とろりと溶けた超熟成チェダーがまったくたまらない。ほんとうによいパン屋のパンを使うこと。サワードウ・ブレッドか農家の麦芽パン(99ページにシェフの一口メモ)の厚切りで、最高のウェルシュ・ラビットができる。このレシピでは、やわらかいバターたっぷりのタマネギがこのおいしい料理をいっそう素晴らしいものにしている。

- バター 大さじ3
- タマネギ 中2個(薄切りにする)
- 小麦粉 大さじ山盛り1
- ダークビール 120ml
- 牛乳 75ml
- 全粒マスタード 小さじ1
- 挽きたての黒コショウ
- エクストラシャープ(超熟成)チェダーチーズ 150g(粗くおろす)
- 新鮮なチャイブのみじん切り 大さじ1
- サワードウ・ブレッドか麦芽パン 厚切り2枚
- 新鮮なハーブ(セージやローズマリーなど、飾り用)

[ウェルシュ・ラビット8切れ分]

❖ソースパンを弱火にかけてバターを溶かす。タマネギを加え、ときどきかき混ぜながら、透き通ってやわらかくなるまで約15分、ごくゆっくり炒める。タマネギに小麦粉を混ぜ入れ、かき混ぜながら1分ほど炒める。ビール、次に牛乳をどちらも少しずつ入れて混ぜ、とろりとしたソースになるまで約3分、混ぜながら加熱を続ける。全粒マスタードを入れて混ぜ、コショウで好みの味つけをする。最後にチェダーチーズとチャイブを加え、溶けるまでかき混ぜる。火からおろして15分冷ます。

❖冷ましている間にブロイラー[じか火焼き用のオーブン形式のガス器具]を予熱する。パンを天板にのせてブロイラーに入れ、途中で一度ひっくり返して、両面に軽く焦げ色がつくまであぶる。

❖冷めたチーズソースを2等分して、それぞれトーストしたパンの上にのせる。天板をブロイラーに戻し、トッピングに焼き色がついて泡立つまで、4〜6分焼く。

❖パンをそれぞれ4つに切り、すぐにテーブルに出す。皿をハーブで飾る。

バラ・ブリス

バラ・ブリスは訳すと「斑点のあるパン」という意味で、お茶に浸したカランツがたくさん入った、イーストを使った伝統的なウェールズのローフである。食感はケーキというよりいろいろ入ったパンで、薄く切ってバターを塗って食べると最高で、トーストしてもよい。このレシピでは、イーストの代わりにベーキングパウダーを使い、通例使われるカランツをドライフィグ(干しイチジク)にした。そうすれば、素晴らしく豊かな「トフィー」の風味と少しナッツのような食感を与えることができるからだ。

- ゴールデンレーズン(サルタナレーズン) 225g
- やわらかいドライフィグ 225g(さいの目に切る)
- ライトブラウンシュガー 225g
- 熱く濃い紅茶 300ml
- 薄力粉 450g
- ベーキングパウダー 大さじ1
- ミクストスパイス 小さじ2(38ページにシェフの一口メモ)
- 放し飼い卵 1個(溶きほぐす)
- 添えて出すバター

[8〜10人分]

❖大きなボウルにゴールデンレーズン、イチジク、ライトブラウンシュガー、紅茶を入れて混ぜ合わせ、おおいをして一晩室温におく。

❖翌日、オーブンを165℃に予熱する。21.5 × 11.5 × 6センチのローフ型にクッキングシートを敷く。

❖紅茶に浸したフルーツに、薄力粉、ベーキングパウダー、ミクストスパイス、卵を加えて、すべての材料がよく混ざり合うまでかき混ぜる。

❖用意した型に生地を入れ、均一に広げる。表面がこんがりきつね色になり、中心に竹串を刺して抜いたときに何もついてこなくなるまで、1時間半ぐらい焼く。型ごとワイヤーラックの上で10分冷ましたのち、ひっくり返してローフをラックの上に出し、上下を戻す。完全に冷ましてから、バターを添えてテーブルに出す。

リーキとケアフィリチーズのタルトレット

リーキは古くからウェールズの国章であり、今でもウェールズ人は彼らの祝日である聖デーヴィッドの日に「帽子にリーキをつける」(あるいは襟につける)。ある伝承によれば、この習慣は、ウェールズの王族の末裔であるデーヴィッドが、侵入してきたサクソン人との戦いでウェールズ兵に帽子にリーキをつけるよう求めたことに由来する。ケアフィリチーズは、レモンのような風味としっとりしてもろく砕ける食感のある伝統的なチーズで、ウェールズのチーズの中でもっともよく知られている。

- 小麦粉(打ち粉用)
- バター100%パイシート(折り込みパイ生地) 1枚(340g)(凍っている場合はパッケージの指示に従って解凍する)
- ジャガイモ 中1個(皮をむいて6ミリの角切りにする)
- バター 大さじ2
- 新鮮なタイム 1本
- リーキ 中2本(白および薄緑色の部分を小口切りにする)
- ケアフィリチーズ(下にシェフの一口メモ) 50g(さいの目に切る)
- クレーム・フレーシュ 55g
- 塩と挽きたての黒コショウ
- 放し飼い卵 1個(溶きほぐす、つや出し用)
- 全粒マスタード 大さじ2

[タルトレット12個分]

シェフの一口メモ

ケアフィリチーズの代用品としていちばんよいのは、シャープ(熟成)チェダーだ。

- オーブンを180℃に予熱する。
- 軽く粉をふった作業台にパイシートを広げ、めん棒でのばして6ミリの厚さにする。7.5センチの正方形を12枚切り出す。注意しながら大きな天板に約5センチの間隔をあけて並べる。生地の切れ端を使って、幅6ミリ、長さ10センチの細長いものを24本作る。それを皿か小さな天板に移す。すべての生地を冷蔵庫で冷やし、その間にトッピングを作る。
- 小さなソースパンにジャガイモとかぶるくらいの塩水を入れて強火で沸騰させ、やわらかくなるまで約5分ゆでる。よく水を切って、中ぐらいのボウルに入れてわきに置いておく。小さなソテーパンを中火にかけてバターとタイムを入れ、バターを溶かす。リーキを加え、ときどきかき混ぜながら、やわらかくなるまで約5分炒める。タイムを取り除き、リーキをジャガイモの入ったボウルに入れる。ケアフィリチーズとクレーム・フレーシュを加えて混ぜ合わせ、塩とコショウで好みの味つけをする。
- 冷蔵庫から生地を出す。正方形の生地に卵を塗り、中央に小さじ半分ずつ全粒マスタードを塗ってからトッピングを盛る(1枚あたり大さじ山盛り1杯ぐらい)。細長い生地を2本、盛り上げたトッピングをおおうように対角線の位置にかけて、端を正方形のへりに軽く押しつける。
- 生地が膨らんで焼き色がつくまで、15〜18分焼く。天板ごとワイヤーラックの上であら熱を取ったのち、温かいうちにテーブルに出す。

索引

謝辞

❖ウェルドン・オーウェンの優秀なチーム、とりわけロジャー・ショー、エイミー・マー、アリスター・ファイン、シャロン・シルヴァに感謝します。ジョン・カーニック、あなたの写真は美しい。ステファニー・ベイトマン・スウィート、あなたの細部に及ぶ注意力は素晴らしい。ディアドラ・リフォード、本書を執筆している間ずっと、そして写真撮影中にいただいた励ましと支援は見事でした。ビル・シュワルツ、あなたがウェルドン・オーウェンに紹介してくれなかったら、本書はできていなかったでしょう。みなさん一人ひとりにとても感謝しています。ありがとう。

❖王室シェフとして過ごした13年の間に信じられないような経験をし、宝物のような思い出を持てたのは、ウェールズ公夫妻、グロスター公爵夫妻のおかげです。いつまでも感謝します。

［著者］
キャロライン・ロブ
Carolyn Robb
元イギリス王室（皇太子家）付きのシェフ。南アフリカ生まれ。英国サリーのThe Tante Marie School of Cookeryで学ぶ。ケンジントン宮殿でグロスター公爵リチャード王子とグロスター公爵夫人バージット妃のために料理をした後、英国王室皇太子とプリンセス・オブ・ウェールズ、ウィリアム王子とヘンリー王子のパーソナルシェフを務めた。それ以降は、ドバイ、カリフォルニア、英国に住み、料理コンサルタント、製品開発や料理評論家として活動している。

［訳者］
上原ゆうこ
Yuko Uehara
神戸大学農学部卒業。農業関係の研究員をへて翻訳家。『世界の庭園歴史図鑑』、『ヴィジュアル版　植物ラテン語事典』、『花と木の図書館　ユリの文化誌』、『イギリス王立園芸協会版　世界で楽しまれている50の園芸植物図鑑』ほか、翻訳書多数。

TEA AT THE PALACE: A COOKBOOK by Carolyn Robb

VP Publisher Roger Shaw
Associate Publisher Amy Marr
Editorial Assistant Jourdan Plautz
VP Creative Chrissy Kwasnik
Art Director Allister Fein
Editorial Director Katie Killebrew
VP Manufacturing Alix Nicholaeff
Production Manager Sam Taylor
Photographer John Kernick
Food Stylist Carolyn Robb
Prop Stylist Stephanie Bateman Sweet
Prop Assistant Alice Kernick
Weldon Owen would also like to thank Rachel Markowitz and Sharon Silva.

This edition published by arrangement with Weldon Owen International, an imprint of INSIGHT EDITIONS, California through Tuttle-Mori Agency, Inc., Tokyo

英国王室のティーパーティー
12の宮殿と王室シェフの50のレシピ

2024年10月5日　初版第1刷発行

著者……キャロライン・ロブ
訳者……上原ゆうこ
発行者……成瀬雅人
発行所……株式会社原書房
〒160-0022 東京都新宿区新宿1-25-13
電話・代表 03-3354-0685
http://www.harashobo.co.jp
振替・00150-6-151594
ブックデザイン……小沼宏之［Gibbon］
印刷……シナノ印刷株式会社
製本……東京美術紙工協業組合

ISBN978-4-562-07458-7
Printed in Japan